쓸쓸하고도 찬란한

차례

이층 통나무집

이층 통나무집

새벽 한 시나 두 시 무렵이었을 것이다. 연희는 누군가 문을 두드리는 소리에 설핏 잠이 들었다가 깨어났다. 밖에는 비가 오고 있었다. 연희는 빗소리인가 싶어 침대에 누운 채로 가만히 있었다. 다시 문을 두드리는 소리가 났다. 이번에는 조금 전보다 강도가 세졌다. 눈을 떴으나 실내는 어두웠다. 연희는 누구세요, 물으며 어둠 속에서 일어나 겉옷을 걸쳐 입고 거실로 나가 전등 스위치를 켰다. 현관문 밖에는 함양댁이 어딘가 불안정한 눈동자를 굴리며 엉거주춤 서 있다.

"내가 시방 쪼매 급한데 서에 대버다 줄래?"

"그럼 조금만 기다리세요. 옷 입고 나올 게요."

연희는 함양댁의 다급한 태도와 초췌한 몰골에서 심상치 않은 기색을 느끼고 준비를 서둘렀다. 무릎 보호대를 할까 하다가 생략하고 잠옷 위에 카디건을 걸쳐 입었다. 진돗개 복이가 무슨 상황인가 싶어 몇 번 짖어대더니 잠잠했다. 승용차에 시동을 켰다. 함양댁은 넋이 나간 표정으로 어두운 차창 밖을 내다볼 뿐 말이 없다. 연희는 묻지 않고 조용히 운전을 했다. 인적도 차량도 없는 밤길에는 간간이 마을을 비추는 가로등이 드물게 서 있을 뿐 비에 젖은 들판 끝에서 안개가 몰려왔다.

연희는 마을 주민들과는 특별히 가깝게 지내거나 오고가는 관계가 없었다. 백여 미터 떨어진 함양댁이 그나마 가까운 이웃이었다. 산중턱에 자리한 이층집 베란다에서 바라보면 함양댁의 널따란 앞마당과 돌담이, 가지런한 뒤뜰의 장독대가 햇볕을 받아 반짝거렸다. 그러니까 제일 근거리에 위치한 함양댁이 백여 미터 정도이고 회관이 있는 마을은 아스라이 내려다보여서 사람들과 얼굴을 부딪칠 일이 거의 없었다. 함양댁과는 집을 비울 때마다 진돗개 사료와 물을 부탁하느라 알고 지내는 정도였다. 그녀는 마흔 중반의 나이에 띠동갑 남자와 재혼하여 십여 년이 지났다고 했다. 남자는 나이보다 부쩍 늙어보였다. 들일은 주로 함양댁이 나서서 하는 편이었다. 항상 밭에 나가 일을 하는 터여서 그 집은 비어 있었다. 그 집 마당에 봄꽃이 피고 여름 꽃이 피었다 졌지만 바쁜 주인 부부는 꽃이 피는지 지는지 관심 없는 듯 보였다. 연희는 가끔 유리문을 열고 저 홀로 뻗어가는 치자나무와 붉은 모란꽃을 내려다보곤 했다. 모란은 탐스럽게 피었다가 소리 없이 졌다. 새벽에 밭에 나갔다가 늦은 저녁 돌아오는 함양댁과 남자는 늙어가는 고목처럼 고요했다. 그 집은 정적에 싸여 있었다. 어두운 밤 그 집에 불이 켜지면 일터에서 돌아왔나 보다 생각할 뿐 그 집의 모든 구성원들, 측백나무 울타리나 배롱나무, 명자나무며 회양목 같은 식물이 추위를 이겨내고 잎사귀에 윤기를 좔좔 뿜어내는 변화를 연희만이 체감하고 느끼는 터였다.

"쪽파 심었나."

늦은 봄 함양댁이 측백 울타리 밖으로 고개를 내밀고 물어본다. 함양댁의 목소리는 제법 컸다. 안 들릴 거라 생각해서 지레짐작으로 고함을 지르는 함양댁이 우스워서 연희는 쿡쿡 웃었다.

"글쎄요, 한 번도 안 해본 거라서."

"고마 흙에 파묻으면 된다 아이가."

함양댁 말대로 흙속에 심은 쪽파는 그냥 둬도 잘 컸다. 그런 식으로 몇 번, 시금치 씨앗이나 무씨를 얻어 심었다. 뜬금없이 된장 담갔냐고 물어보아서 사 먹는다고 말했더니 그 쉬운 걸 왜 안하냐고, 비싸게 사 먹느냐며 큰 플라스틱 김치통으로 가득 갖다주었다. 함양댁은 된장이나 간장을 사 먹는 것을 이해하지 못했다. 이 년째 접어들던 정월에 연희는 함양댁의 도움을 받아 메주를 사서 띄웠다. 함양댁은 마치 친정어머니 같은 본새로 그녀의 삶에 조금씩 틈입해왔다.

"아지매, 다 왔어요."

연희는 시동을 끄고 안개에 싸인 지구대 건물을 바라보았다. 지구대 앞마당 가로등이 주변을 환하게 밝히고 있었다. 함양댁은 눈을 감고 생각에 잠겨 있다. 뻣뻣하고 경직된 그녀의 심장 뛰는 소리가 들리는 것으로 보아 긴장했음이 역력했다. 연희는 함양댁의 손을 가만히 쥐어주었다. 가로등 아래로 검은 점퍼 차림의 중년 남자가 택시에서 내렸다. 함양댁의 시선이 점퍼 입은 남자에게 머물며 남동생이라고 했다. 남동생은 주위를 두리번거리더니 담배에 불을 붙여 물었다.

함양댁이 어딘가 전화를 했다.

"니 오데고?"

말투로 보아 함양댁의 딸인 듯 싶었다. 함양댁이 지나가는 소리로 시집간 딸이 있다는 소리를 얼핏 한 것 같았다. 함양댁의 침 삼키는 소리가 유난히 크게 들렸다. 승용차 문을 열고 가로등 아래로 천천히 걸어가는 함양댁의 걸음걸이가 휘청거렸다. 연희는 운전석에서 내려 범퍼에 기대어 함양댁의 뒷모습을 지켜보았다. 걸음걸이가 금방이라도 쓰러질 듯 위태로웠다. 비가 그치고 안개가 가로등 주위로 몰려들었다.

남동생이 담배를 피우다 말고 함양댁을 보더니 뭐라고 하는데 잘 들리지 않았다. 남동생이 앞장서서 지구대 문을 밀치고 들어가자 함양댁이 뒤따라 들어갔다. 축축한 안개가 몰려와 지구대 건물을 에워쌌다. 조금 후 경찰차가 함양댁과 남동생을 싣고 어디인가로 출발했다. 함양댁이 연희에게 전화를 했다. 연희는 함양댁의 전화를 받고 경찰차를 따라갔다. 장례식장 앞에서 경찰차가 멈춰 서고 함양댁이 경찰의 호위를 받으며 장례식장 안으로 들어갔다.

장례식장 건물은 안개 속에 뿌옇게 잠겨 있었다. 밤이 깊어갈수록 안개는 더욱 짙게 피어올라 건물 주변을 감싸고돌았다. 군데군데 엘이디 등이 켜진 장례식장은 고요 속에 떠 있는 신기루 같아서 연희는 자꾸 눈을 깜박였다. 연희는 운전석 등받이를 뒤로 젖히고 눈을 감았다. 시간이 얼마나 지났을까. 차창을 두드리는 소리에 연희는 눈을 떴다. 함양댁이 운전석 밖에 서 있고 그녀 등 뒤로 제복을 입은 경찰이 보였다.

"야심한데 수고 많았습니다. 조심해 가십시오."

제복의 경찰이 함양댁에게 거수경례를 올려붙였다. 남동생이 멀찍이 서서 그 모습을 지켜보았다. 그는 여전히 담뱃불을 손에 들고 있다.

"욕봤다."

"누야, 조심해 가소."

함양댁이 조수석에 올라타자 승용차는 안개에 싸인 길을 천천히 달렸다. 함양댁은 말이 없었다. 연희는 궁금했으나 묻지 않고 핸들을 조심스럽게 움직여 운전을 했다.

"귀찮구로 해서 우짜노."

"괜찮아요."

"후유, 내는 또."

함양댁의 한숨에서 다행인지 안도의 숨이 흘러나왔다.

"내 마이 놀랬다 아이가."

"무슨 일이신데요."

연희는 궁금증을 조심스럽게 드러냈다. 함양댁은 어두운 차창 밖을 내다보며 길게 한숨을 내쉬더니 어렵게 입을 떼었다.

"서에서 연락이 왔는데 시체를 보라쿠네."

함양댁은 그 말을 하고는 다시 긴 숨을 내쉬었다. 연희는 누구를 지칭하는지 모르지만 가만히 함양댁의 말에 귀를 기울였다.

"그 인간이 디비져 죽도 않고 살아 있는가베."

한숨을 쉬는 함양댁의 표정은 안도하는 것인지 안 죽어서 서운한 것인지 분간이 안 되는 표정이었다.

"내 시집가가 몇 밤 잤나. 서방이 집 나가더니 안 들어오데."

함양댁이 또 한숨을 길게 내뱉었다. 그녀의 한숨 소리에 짙은 회한이 배어 있음을 연희는 느낄 수 있었다.

"딸애가 태어났는데도 서방은 밖으로만 나돌고. 말띠라서 근가. 기다려도 봤지만 딸내미가 대학 강께 속에 천불이 나데. 더는 몬살겄다 싶대."

"……."

"서방이 가뭄에 콩 나듯이 상판대기를 내밀더니 나중에는 소식이 끊기뻿다. 목구멍이 포도청이라 자식새끼하고 이 짓 저 짓 다해 봤다. 하숙도 치고 시장에서 채소 장사도 하고, 집세 내고 딸내미 학비 내고 허덕거리며 살다보이 안 지치겠나. 그래갖고 먼 부귀영화 누리겠다고 늙은 영감 만나가 지금까지 이 고생하고 있다 아이가."

연희는 독립해서 따로 사는 전실 자식들 김장김치 해주고 추수기에는 농산물 거둬서 나누어주는 함양댁의 넉넉함을 알고 있었다. 일 년에 다섯 번인가 제사 챙길 때는 오일장에 가서 물 좋은 생선을 사고 가래떡이며 인절미, 시루떡을 방앗간에서 직접 맞춰 준비하는데 그 푸짐한 음식과 정성에 놀랐었다. 얼마 전에 전실의 맏아들이 제사를 모셔갔다며 홀가분한 표정을 짓던 함양댁에게 연희는 진심으로 고생 많았다고 말해 주었다.

"죽이 되든 밥이 되든 그냥 사는 긴데……."

함양댁은 그 말끝에 어두운 차창 밖을 내다보았다.

"그 후 전 남편 분 소식은 들으셨어요?"

"벌써 오래 됐다. 후유, 그때 가출 신고하고 쪼매 있다가 이혼하고 호강할 끼라고 시집을 갔디만 그 인간이 그때서야 찾아와갖고 난리법석 안하겠나."

함양댁의 목소리가 촉촉하게 젖어들었다. 안개가 더욱 짙게 달려들고 가로등 불빛이 희뿌옇게 명멸했다. 함양댁의 목소리는 짙어지는 안개 같았다. 그녀의 지나간 시간들이 오래전 연희가 통과한 어느 한 시점과 겹쳐졌다. 연희를 남겨두고 승재가 가버렸을 때의 막막함이 되살아났다.

함양댁의 말은 계속 이어졌다. 마치 남의 이야기하듯 그녀는 자신의 이야기를 풀어냈다. 영감님은 도시물을 먹고 귀농했는데 인물이 훤하더라며 함양댁은 씁쓸하게 웃었다. 논농사와 밭농사를 짓는 영감님은 하루 네 시간만 일하면 된다고 했는데 막상 살림을 합치고 보니 일이 산더미였다고, 그래도 일 더미에 빠져 사느라 어려운 일도 넘겼다며 깊은 숨을 쉬었다. 함양댁의 낙천성이 얼핏 엿보이는 고백이었다. 자포자기 심정으로 받아들였지만 영감님은 착한 사람이더라고, 영감님의 아들 형제는 출가하여 독립시켰고 넓은 집에 단 둘이 있으니 허전하고 어색했다고 말하면서 함양댁은 전남편 이야기로 돌아왔다.

"내가 잘한 긴가 못한 긴가 모르겠다."

재혼을 후회한다는 건지 잘했다는 건지 종잡을 수 없는 함양댁의 말을 연희는 진지하게 들어주었다. 함양댁은 전남편의 이야기를 끝도 없이 자꾸 했다. 재혼하고 얼마 뒤 전남편이 함양댁을 찾아 온 마을을 휘젓고 다닌다는 소문을 듣고 그녀는 먹먹했다고 말했다. 어긋나도 어쩌면 이렇게도 어긋날까 싶은 심경에 그녀는 마음이 무너져 내렸다며 그날의 일을 회고했다. 저녁밥을 짓다가 남동생의 전화를 받고 허둥지둥 집을 나오던 함양댁을 밭에서 돌아오던 영감님이 불안한 눈빛으로 쳐다보던 장면까지도 어제 일어난 일처럼 기억이 선명하다며 차창 밖을 응시했다. 연희는 함양댁과 마주한 남자의 환영을 본 듯했다. 기이한 현상이었다. 함양댁의 설명을 듣고 그녀의 심경을 이해하려 애쓰는 동안 어두운 밤의 환영이 영상처럼 나타났다.

오래전, 그날 밤도 지금처럼 안개가 짙게 껴서 시야를 분간하기 어려웠다. 함양댁은 그날, 오랜 세월 떠돌다가 나타난 전남편을 보고 기가 막혀 말이 나오지 않았다고, 운명이 야속했다고, 함양댁의 기억 속에 선명하게 박힌 그날 밤의 잔영들이 연희의 환영 속에 피어올랐다.

가로등 아래 서 있는 두 사람의 실루엣. 좁혀지지도 멀어지지도 않는 거리에 정적이 흘렀다.

"니 오데서 사노?"

"그거 알아갖고 뭐할 낀데."

남자가 말하고 함양댁이 대답했다. 남자는 뭔가 할 말을 토해내고 싶은데 니, 니, 그러고는 가슴을 쳤다. 함양댁의 시선은 먼 허공에 걸려 있었다. 두 사람 사이에 침묵이 흘렀다. 남자가 막혔던 숨을 토해내듯 더듬거리며 말을 이었다.

"그게 뭔 말이고."

"임자는 말할 자격 없소."

"……."

"……."

다시 두 사람 사이에 침묵이 흐르고 눅눅한 새벽의 공기가 그녀의 목덜미를 휘감았다.

"내 니를 찾아 얼매나 댕겼는지 아나."

"인자 와서 와 찾았는데."

"그래도 니가 그라믄 안 되는 기라."

"임자를 기다린 세월이 통탄스럽소. 내 인생이 아까버서리."

"……."

가깝지도 멀지도 않은 두 사람의 거리는 좁혀지지 않은 채 시간이 긴 하루처럼 지나갔다. 누야는 고마 가라, 멀찍이 서 있던 남동생이 함양댁에게 말하고는 남자 팔을 붙잡아 강제로 끌고 갔다.

"니, 니가 그러믄 안 된다!"

함양댁의 귀에 멀어져 가는 남자의 절규가 파고들었다. 그녀는 그 자리에 못 박힌 채 서 있었다. 함양댁은 한참동안 그들의 뒷모습을 바라보았다. 그 뒤 남자의 소식은 들을 수 없었다. 뱃사람이 되었다거나 자갈치 시장에서 생선을 팔더라는 소문을 그의 먼 친척으로부터 들었지만 정확한 사정은 알 수 없었다. 전화가 한 번 왔더라고 오일장터에서 만난 딸이 국밥을 사주면서 말했지만 모녀간에도 서먹한 기류가 흘렀다.

“밥은 끓이 묵고 사나.”

“끼니는 안 굶어요.”

“산 사람은 살아야제.”

“걱정 마세요. 아주머니가 챙겨주셔서 반찬이 아직 많아요.”

“내는 통나무집에 불이 꺼져 있으믄 가슴이 덜컥 내려앉는다.”

마을 사람들은 연희가 사는 집을 통나무집이라 불렀다. 그 집은 연희 남편 승재가 특별히 신경 써서 이층을 올렸다. 이층 유리문은 연희의 주문대로 유럽 양식을 본떠 세로로 길게 냈다. 캐나다와 미국산 수입 미송으로 통나무집을 지은 첫해 연희는 숲속의 보헤미안 같다며 좋아했다. 뒤로는 대나무 숲이 울창했고 앞으로는 감나무 밭이 있어서 연희 취향에 적격이었다. 도회지 생활을 접고 승재와 둘이 산촌에 정착하려고 땅을 사고 집을 지었으며 집이 완공되고 삼 년이 채 못돼 승재는 쓰러졌다. 승재는 다시 일어나지 못했다. 갑자기 닥친 일이었다. 연희는 머릿속이 하얘지며 어떻게 해야 할지 막막했다. 장례를 치르는 동안 마을 이장과 몇몇 사람들이 왔고 함양댁이 끝까지 곁을 지켰다. 장례식장 화장실에서 연희는 여자들이 수군대는 말을 들었다. 강 건너 귀향한 아무개 친척도 남편을 잃었다며 여자들은 연희가 젊어서 안됐다는 투로 수군거렸다.

언젠가부터 승재는 시골에서 살고 싶다는 말을 했다. 연희를 만나고 나서였는지 아님 오래전부터 굳어진 결심이었는지는 모른다. 연희는 막연히 은퇴 후에나 일어날 수 있는 일로 생각하다가 갑자기 귀촌을 하게 됐는데 생각보다 나쁘지 않았다. 땅을 사고 나서 승재는 연희를 데리고 집터를 보여줬다. 바람에 대숲이 흔들리는 풍경과 십여 그루 감나무에 달린 붉은 감이 익어가는 정경은 연희가 소녀 시절 꿈꾸던 어떤 세계를 떠올리게 했다. 순간적으로 연희는 시골이 괜찮다는 느낌이 들었다. 직장을 그만 두기 전부터 집이 팔리기 전부터 승재는 주말마다 시골에 내려와 터를 다졌다. 승재는 집을 짓고 나서 마치 일을 하기 위해 태어난 사람 같았다. 장화를 신고 괭이와 삽, 톱을 손에서 놓지 않았다. 커피를 타 주거나 일하는 틈틈이 매실주스에 얼음을 띄워 갖다주는 것으로 연희는 승재가 쉬는 시간을 만들었다.

마을 회관에서 농사 정보를 얻는 것은 승재 몫이었다. 집터를 포함하여 천여 평 땅은 예상보다 일거리가 많았다. 손으로 할 수가 없어서 밭 가는 관리기를 사고 필요한 기계는 빌렸다. 연희는 승재가 일에 집착하면서 막연한 불안이 피어올랐고 쉬어 가며 하라고 매번 지청구를 했지만 그는 귀담아 듣지 않았다. 흙을 파 뒤집고 돌을 나르고 나무를 심고 땀을 흘리는 승재가 연희는 낯설었다. 몇 번 그 일로 말다툼을 했고 승재가 일에 집착할수록 연희와의 소소한 대화나 외출 같은 것은 멀어졌다. 전혀 딴 사람이 된 승재를 보며 연희는 불안정한 시간을 보냈다. 연희에게 귀촌을 결심하게 한 대숲이 흔들리거나 감꽃이 지고 열매가 익어가는 계절의 변화에 흥미를 잃을 즈음 승재는 쓰러졌다.

승재가 남긴 일감은 그대로 방치되어 농기구나 연장은 녹슬어가고 비닐하우스는 찢어져 바람에 너덜거렸다. 창고로 쓰는 컨테이너는 흉물로 변해갔다. 집 안팎은 잡초로 무성해져 연희 혼자 지내기에 집과 주변은 황량했다. 마을 여자들은 연희에 대해 수군거렸고 남자들은 호기심의 눈초리를 보냈다. 혼자 남겨진 후 연희는 유리문을 통해 멀리 산등성이를 바라보며 망연히 앉아 있는 날이 늘어갔다. 함양댁이 가끔 들여다보고는 밥솥을 열어보며 구시렁댔다. 함양댁이 갖다 준 김치며 장아찌가 냉장고에서 묵어가는데도 그녀는 계속 반찬을 날라 왔다.

어느 날 연희는 혼자 배낭을 꾸려서 둘레길에 나섰다. 걷고 또 걸었다. 걸어가며 연희는 승재가 그토록 잊고 싶었던 게 무엇이었을까, 생각했다. 승재는 전 부인과 헤어지고 같은 직장 후배인 연희와 새로운 인생을 열었다. 연희는 승재의 깊은 마음속 고통에 헤어진 전 부인이 있었을 거라고 짐작했고 예상은 맞았다. 승재의 휴대폰을 정리하면서 연희는 그가 전 부인과 주고받은 메시지를 읽었다.

—오늘은 날이 개었어. 보고파

연희는 승재가 그토록 원했던 귀촌이 전 부인을 잊기 위한 방편이었음을 그의 노동력, 땀방울 하나하나에는 잊고자 하는 치열한 독기가 맺혀 있었음을 그가 가고 나서야 알았다. 배신감과 허탈함 이전에 가슴속 저 밑바닥으로 뭔가 무너지는 소리를 들은 것 같았다. 겨울 동안 응결되어 있던 바위벽에 미세한 틈이 벌어졌다가 봄볕에 굴러 떨어지는 마찰음 같은 거였다. 연희는 분노로 감정을 소모할 기력이 없었다. 속이 텅 빈 듯한 공허가 빠르게 밀려왔다. 오른쪽 무릎이 시큰거렸다. 운동이라고는 전혀 안하다가 무리하게 걷기를 하는 바람에 양쪽 무릎이 교대로 삐걱거렸다. 계단을 오르내리는 것은 엄두를 내지 못했다. 멀쩡하던 다리가 근래 들어 자꾸 신호를 보내고 있었다. 그럴 만도 했다. 삼십 평생 걷기라고는 모르다가 몇 년간 수많은 길을 걸었으니 이상 신호를 보내는 게 무리는 아니었다. 승재가 떠나고 연희는 남아 있는 시간이 힘겨웠다. 승재의 죽음이 힘든 게 아니라 그가 품고 있던 마지막 감정이 연희가 아니라 전 부인을 향해 있었다는 사실이 더 고통스러웠다. 승재는 아이를 만들 수 없었다. 부인과는 그 문제로 헤어졌다. 부인은 자신의 아이를 낳아 기르고 싶어 했다. 승재는 입양이란 말이 떨어지지 않아 끝까지 말을 못했다고 했다.

"난 당신의 아이를 기를 수 있어."

"인간은 변하기 마련이야."

승재는 부인이 밖에서 아이를 만들어 와도 수용할 태세였다. 그녀는 단호했다. 승재의 마음은 진심이었다. 승재는 전 부인을 위해 그녀를 놓아주었다. 감정의 찌꺼기를 말끔히 해소하지 못한 그는 새로운 환경이 필요했다. 승재의 일은 회사에 소문이 났는데 그가 만취 상태에서 친한 동료에게 고민을 털어놓았기 때문이었다. 귀촌을 앞두고 승재는 연희에게 자기는 아이를 가질 수 없다고 고백했다. 연희는 괜찮다고 승재만 있으면 된다고 말했다.

연희는 창문을 열고 밀려드는 바람에 심호흡을 했다. 겉옷을 챙겨 입고 집을 나와 마을 외곽으로 난 오솔길을 걸었다. 어떡하지, 어떡하지, 연희는 한동안 그 말을 하며 집주변을 돌아다녔다. 말할 상대가 없는 집안은 적막이 내려앉았고, 입안에는 혓바늘이 돋고, 혼자 중얼거리는 습벽이 생겼다.

저수지 근처에서 연희는 통나무집을 쳐다보았다. 햇볕은 식물들을 태워버릴 듯 맹렬하게 대지를 달궜다. 통나무집 일층은 나무에 가려 잘 보이지 않았다. 열어 놓은 창문으로 흔들리는 선홍색 커튼이 보이면 마치 그 집에서 유일하게 그 창이 희망을 주는 장소 같았다. 어둡고 칙칙한 통나무집과 검푸른 숲을 배경으로 오직 창문의 붉은 커튼만이 살아있는 상징처럼 보였다.

오후에 연희는 유황온천에 갔다. 야외 온천탕에 여자들이 모여 잡담을 나누고 있었다. 여자들의 입에서 통나무집 이야기가 나왔다. 연희는 쑥향이 나는 탕에 몸을 웅크리고 여자들의 말에 귀를 기울였다. 도회지 생활을 접고 남편과 둘이 산촌에 정착하려고 땅을 사고 집을 지었으며 집이 완공되고 얼마 후 남편이 보이지 않더라고 누군가 말을 했다. 누구는 죽었다고 하고 또 다른 사람은 집을 나갔다고 했다. 연희는 그녀들의 말을 들으며 어쩌면 승재가 집을 나간 게 아닐까 잠깐 그런 의문이 들었다. 아무도 진실을 알 수 없었다.

연희는 진돗개를 데리고 저수지 공사가 한창인 둑을 따라 걸었다. 산자락을 따라 이제 막 완공되어 가는 저수지 밑바닥에 아무렇게나 뽑혀 방치되어 있는 채소와 묘목이 눈에 띄었다. 언젠가 물이 가득 차면 바닥을 뒹굴던 돌이나 잡초, 채소, 나무들은 물속에 잠겨 살아 있던 나날을 서서히 잊을 것이다. 저수지를 만들기 위해 사방 팔부 능선이 파헤쳐져서 황폐한 골짜기였는데 바닥에 계곡물이 조금씩 흘러들었다.

연희는 언젠가부터 통나무집을 멀리서 바라다보는 게 습관이 되었다. 이층 창문에 흔들리는 선홍색 커튼이 바람에 날려 창틀에 걸려 있는 장면까지도 외국 소설에서 읽은 한 장면처럼 보였다. 자신과 상관없는 제 3의 삶이었다.

함양댁 마당과 돌담을 지나 통나무집이 가까워 오면 화목 난로가 피워 올리는 연기가 지붕을 타고 대숲으로 흩어지는 게 보였다. 사철나무 울타리를 둘러싸고 훈훈한 기운이 집터를 떠돌았다. 오랫동안 꿈꾸던 그런 장면을 연상하는 것만으로도 따뜻한 기운이 휘감곤 했다. 연희는 눈을 감았다 떴다. 통나무집 굴뚝에 연기가 보이지 않았다. 그 집 주변으로 찬 기운이 맴돌았다. 통나무집이 한 채, 컨테이너 창고 하나, 원두막, 노을 색 싱글지붕… 승재가 이룩해 놓은 규모는 꽤 넓었다. 의욕이 넘치던 승재의 욕심은 일생을 두고 그가 만들어야 할 일들이었는지 모른다. 평생 걸려 해도 부족할 노동력을 한꺼번에 소진하고 떠난 자리에는 흉물만이 남았다.

오른쪽 무릎이 시큰거리며 뻣뻣했다. 집으로 돌아온 연희는 진돗개에게 사료를 주고 물을 갈아주었다. 밥을 줄 때나 빨래를 거둬들이거나 음식물 쓰레기를 감나무 밑에 파묻으면서 연희는 따뜻한 통나무집에서의 안온한 일상을 그렸다.

서서히 노을이 지며 대기가 푸르스름한 은회색으로 잠겨 들었다. 연희는 문득 서늘한 바람이 목덜미를 파고드는 선뜩

함에 뒤돌아보았다. 주위가 어두워지고 있었다. 대숲에서부터 검은 어둠이 통나무집을 에워싸는 듯했다. 집안의 전등을 모두 밝혔다. 이층, 아래층 중앙등에서부터 계단참의 매입등, 베란다, 현관, 뒷문, 모든 집안의 불을 켜고 연희는 커튼을 닫았다.

"안에 있나."

현관문을 열자 함양댁이 숨을 헐떡이며 서 있다. 의아한 표정으로 쳐다보는 연희를 밀치며 함양댁이 안으로 발을 디밀며 집안을 훑어보았다.

"불이 와 이리 환하노. 무슨 일이 있는가 싶어갖고 내 와봤다 아이가."

"들어오세요. 차 한잔하고 가세요."

"밭일하고 오는 길이라 영감 밥 줘야 된다."

함양댁의 거친 호흡이 조금 잦아들며 안도하는 모습에 연희의 얼굴에 잠깐 곤혹스러움이 스쳐 갔다. 어느 순간부터 과도한 그녀의 관심이 부담스러웠다. 친정붙이처럼 살뜰하게 챙겨주는 함양댁이지만 혼자 조용히 있고 싶을 때 불쑥 나타나 씨앗이나 모종을 부려 놓으며 심으라고 채근할 때는 난감했다. 연희는 겉옷을 챙겨 입으며 랜턴을 들고 함양댁을 배웅했다. 진돗개가 요란하게 짖어대다가 잠잠해졌다.

"머할라꼬 나오노. 추분데 그만 드가라."

"아니에요. 달이 떴는데 달구경도 하고 좋지요."

검은 산등성이 위로 초승달이 걸려 있다. 함양댁이 딸기하우스에 벌이 이상해졌다고, 날이 변덕을 부려 딸기 꽃 수정이 잘 안됐다고, 작년에 딸기가 생기다 말았는데 올해는 어찌될지 모르겠다고 중얼거렸다.

함양댁을 배웅하고 연희는 산자락 오솔길을 따라 마을 저수지 쪽으로 방향을 틀었다. 저수지 옆에는 덩치 큰 플라타너스가 서 있는데 누군가 가지에 오색 헝겊을 매달아 놓았다. 어둑어둑한 밤, 플라타너스 몸체가 유난히 희게 빛났다. 연희는 플라타너스 아래 암반에 주저앉아 통나무집을 쳐다보았다. 집 안팎에 불이 환했다. 마당, 현관, 부엌, 거실, 이층……. 전등 수를 속으로 천천히 세었다. 하나, 둘, 세엣…… 열세 개의 전구에서 빛이 쏟아져 나와 통나무집을 에워싸고 있다. 빛무리는 그 집만이 우주의 중심이 되어 환하게 밤을 빛내며 서 있었다.

계곡에서 물 흐르는 소리가 들렸다. 계곡물은 숲을 적시고 바위를 적시며 바닥 중심부로 모일 터였다. 저수지에 물이 가득 차려면 얼마나 걸릴까. 삼 년, 오 년……. 연희는 허옇게 내장을 드러낸 팔부 능선의 산자락을 쳐다보며 편평한 바닥이 호수가 되는 날을 헤아려 보았다. 배수구 옆구리 빈터에 베어낸 나무들이 아무렇게나 쌓여 있다. 나무 향이 짙었다.

승재가 있었다면 이 산 저 산 널브러진 나무토막을 실어다가 처마 밑에 쌓았을 터였다. 그가 가고 나서 연희는 목재소에다 땔나무를 주문해 썼다. 낙엽이 떨어질 즈음 한 트럭 가득 주문하면 겨울을 충분히 버텼다. 저수지 건너편 산등성이에 검은 나무들이 어둔 밤을 지키며 서 있다. 연희는 어슴푸레한 길을 더듬거리며 집으로 돌아와 진돗개 울타리를 만져 보았다. 개가 집안에 웅크려 있다가 스트레칭을 하며 기어 나오더니 꼬리를 흔들었다.

두어 차례 폭우가 지나가자 연희는 진돗개를 데리고 저수지 쪽으로 걸음을 옮겼다. 플라타너스나무 밑동에 낙엽이 흩어져 을씨년스럽게 나뒹굴었다. 진돗개 목줄을 풀어주자 녀석은 숲속 오르막을 향해 달렸다. 나뭇잎을 스치는 소리에도 녀석의 귀는 예민한 촉수로 산짐승의 움직임을 포착했다. 산꿩이 날개를 펼치고 건너편 숲으로 날아가고 진돗개는 숨을 헐떡이며 연희 옆으로 다가와 꼬리를 흔들었다.

공사가 끝난 저수지에 물이 들어차 있고 청둥오리, 기러기 떼가 한가롭게 떠 있다. 언제 물이 찰까 염려하던 일들도 폭우 두어 번에 풍광이 달라졌다. 연희는 변해버린 주변에 시선을 고정시켰다. 저수지 가운데에 나란히 서 있는 키 큰 은사시나무의 하얀 몸체가 물속에 그림자를 만들며 흔들리는 풍경마저도 자신의 삶과는 먼 다른 세계를 보는 듯했다. 얼마 전까지만 해도 들판과 계곡이 있는 평범한 산촌이었다. 흰 황새가 길게 목을 빼고 물속을 들여다보는 정경은 오래전부터 그렇게 있었던 듯 너무나 적요하고 안정감 있는 구도여서 연희는 뭔가 속았다는 느낌에 우울해졌다. 기계 톱날이 나무를 베어내고 채소가 뽑혀지던 어수선한 풍경이 언제 그런 일이 있었는가 싶게 말끔히 정리된 정경은 낯설기만 했다. 물결이 밀려왔다가 밀려오며 수면에 잔잔한 파문이 일어났다. 연희는 진돗개 목줄을 붙잡고 천천히 저수지 주위를 돌았다. 청둥오리 떼가 연희를 피해 수면을 가르며 반대편 쪽으로 나아갔다. 잎사귀를 떨군 나무들과 덤불숲 줄기 식물들이 서걱거렸다. 곧 추위가 닥칠 것을 예고하는 것 같았다.

저수지를 한 바퀴 돌고 집으로 오는 길에 해가 저물었다. 겨울 해는 짧았다. 연희는 부지런히 발걸음을 옮기며 자신의 집 쪽을 자꾸 쳐다보았다. 어둑어둑한 숲에서부터 차가운 바람이 불어왔다. 어둠은 모든 사물을 장막 뒤로 숨기며 서서히 다가오다가 급박하게 점거해버렸다. 연희는 두려움이 일었다. 멀리서 자신의 집을 바라보는 연희의 가슴에 가느다란 회오리가 일어나며 설움이 북받쳤다. 어둠 속에서 집은 커다란 괴물이 아가리를 벌리고 연희를 한입에 삼키려는 듯 거대했다. 연희는 걸음을 멈추고 서서 자신의 집을 노려보았다. 그때였다. 이층 방에서부터 베란다, 거실, 안방, 마당에 불이 켜졌다. 연희는 놀라서 가슴이 방망이질했다. 무슨 일이지? 승재 씨가 온 건가? 연희는 진돗개 줄을 놓고 달음박질치기 시작했다. 연희는 불규칙한 호흡을 내뱉으며 마당으로 오르는 돌계단 앞에 서서 눈을 감았다가 떴다. 대나무가 한꺼번에 흔들리는 소리만이 귓가에 꽂힐 뿐 주위는 인기척 하나 없이 적요했다.

온천탕에서 만난 여자들이 떠들던 장면이 살아났다. 가꾸지 않아 버려진 터는 이제 야생으로 돌아가려 하고 있었다. 연희는 부동산에 그 터를 내놓았지만 사람들은 헐값에 사려 했다. 승재의 땀과 시간이 들어간 터이자 연희의 미래를 저당 잡힌 터였다. 부동산 남자는 손해 보더라도 파는 게 이익일 거라고 연희를 부추겼다. 삼 년이나 부동산 사람들과 줄다리기를 하면서 연희는 오기가 생겼다. 연희는 두려움에 가슴이 떨렸고 다리가 후들거렸다.

"오데 갔다 오노."

연희는 깜짝 놀라 그 자리에 주저앉았다. 함양댁이 손에 냄비를 들고 숨을 헐떡이며 서 있었다. 연희는 일어나 함양댁의 어깨를 두 손으로 덥석 잡아 끌어안았다. 두려움과 긴장이 풀어지며 가슴속 맺혔던 덩어리가 터져 나왔다. 연희의 울음소리가 골짜기에 메아리쳤다. 연희는 한참을 오열했다. 함양댁이 냄비를 들고 엉거주춤 서서 다른 한손으로 연희의 등을 쓸어내렸다.

“내 다 안다. 괜않다.”

“…….”

“내 다 안다.”

함양댁이 등을 토닥이며 그 말을 반복했다. 진돗개가 연희 옆에서 낑낑대며 무슨 일인가 겁먹은 태도로 꼬리를 흔들었다. 연희의 울음소리가 잦아들자 함양댁이 앞장서서 돌계단을 밟아 마당을 가로질러 집안으로 들어갔다.

“오늘이 동지 아이가. 팥죽 한 그릇 먹고 기운 내라!”

함양댁이 그릇을 찾아 팥죽을 떠서 식탁에 올려놓았다. 연희는 팥죽을 한참이나 내려다보다가 뜬금없이 승재가 새알 든 팥죽을 좋아했다는 사실을 떠올렸다. 그는 가고 그의 습관이나 추억이 불쑥 끼어들어 연희의 삶과 함께 하고 있었다. 사람은 가고 기억은 지워지지 않는 걸까. 문득 연희는 쓸쓸한 심경이 되었다. 수저로 팥죽을 떠먹는 모습을 지켜보던 함양댁이 팍팍 떠먹으라고 한소리 했다. 팥죽 한 그릇을 다 비우는 것을 본 함양댁이 그릇을 챙겨 돌아갔다.

침대 속에서 뒤척이며 잠을 설친 연희는 지근거리는 머리를 싸쥐고 재채기를 했다. 몸살감기가 오는 것 같아 아스피린 한 알을 먹고는 이불 속에서 꼼짝하지 않았다. 다음날 정오 무렵 진돗개가 짖는 소리에 연희는 침대에서 기어나왔다. 커튼을 젖히자 건너편 숲의 나무들이 검푸른 덩어리를 이루며 흔들리는 정경이 눈에 들어왔다. 겉옷을 걸치고 진돗개 사료를 부어주고 다시 침대에 드러누웠다. 목이 아프고 허기가 졌다. 연희는 토스트를 구워 딸기잼을 바르고 커피를 끓였다.

함양댁이 외출복 차림으로 찾아와 시내까지 태워줄 수 없겠냐고 물었다. 감기약이 필요해서 연희는 마침 잘됐다고 시내에 나가려던 참이었다고 유쾌하게 말했다. 함양댁을 초등학교운동장에 내려주고 연희는 약국에서 종합 감기약을 샀다. 연희는 돌아오는 길에 학교 운동장 정문에 차를 세우고 함양댁을 기다렸다. 그때 연희는 운동장 한가운데서 울고 있는 함양댁을 보았다. 함양댁과 십여 미터 거리에는 육십 전후로 보이는 남자가 등을 돌린 채 담배를 피워 물고 있었다.

"내는 그 사람 몬 떠난다."

함양댁의 목소리가 들려왔다. 연희는 가만히 귀를 기울였다. 함양댁의 울음소리가 더 커지며 어깨가 심하게 흔들렸다. 남자의 담배 연기가 허공에 흩어지고 저녁노을이 텅 빈 운동장에 잔영을 남기며 스러지고 있었다. 두 사람의 그림자가 긴 꼬리를 끌며 사위어 가고 있었다.

"내보고 죽으라는 소리가."

"……."

"같이 죽자."

울음을 그친 함양댁이 남자를 향해 소리쳤다. 남자는 감정의 격랑을 억지로 가라앉히려는 듯 일그러진 표정으로 함양댁을 바라보다가 조용히 돌아섰다. 천천히 걸음을 옮기는 남자의 그림자가 운동장 밖으로 사라지고 함양댁이 바닥에 털썩 주저앉아 고개를 숙였다. 연희는 달려가 함양댁을 끌어안았다.

"살아가는 기 와이리 힘드노."

함양댁의 어깨를 감싸 안은 연희의 손아귀에 힘이 들어갔다. 저녁 해가 붉은 꼬리를 끌며 산등성이로 넘어가고 있었다.

깊은 밤을 지나

깊은 밤을 지나

"혹시 황 감독?"

바람을 타고 들려오는 목소리는 분명 한국어다. 누군가 나를 알고 있다니, 이 낯선 땅에서. 순간 나는 당황스러운 마음에 못 들은 체 고개를 돌린다.

"맞네. 황철기네."

나는 이마에 쏟아지는 강렬한 시선을 느끼며 천천히 고개를 든다. 눈앞에 수도복을 입은 남자가 내 얼굴을 뚫어져라 바라본다. 놀랍게도 송수용이다. 우리는 서로의 현재 모습을 탐색하느라 잠시 할 말을 잊는다. 그와는 시나리오 작업을 함께 한 전력이 있다. 카푸친수도회 복장을 한 그와 거지꼴로 성당 광장에 앉은 나는 서로 어색함을 감추지 못하고 바라만 보고 있다.

"시나리오는 어떡하고 여기에 있냐. 그 복장은 또 뭐고."

"그러는 넌 영화는 어떡하고 여기에서 이러고 있냐."

"그러게."

"암튼 반갑다. 바람이 찬데 안에 들어가서 얘기 좀 하자."

그는 내 대답은 듣지도 않고 몸을 돌려 대성당 건물 안으로 들어간다. 그의 흑갈색 수도복이 바람을 일으키며 먼지를 날린다. 나는 미적거리며 그의 뒤를 따라간다. 대성당 안 성물방에 들어서자 남자 직원과 여직원이 나와 그를 보며 미소 짓는다. 그가 의자를 찾아 갖다준다.

"언제 왔어?"

한참만에 그가 묻는다.

"사흘 됐어."

내 대답에 그는 다시 어이없다는 표정으로 헛웃음을 짓는다.

"이 촌구석에 뭐 볼 게 있다고, 사흘씩이나."

"뭐 보려고 온 게 아니니까."

나는 관광객의 부류로 묶으려는 듯한 그의 말에 비위가 상해 빈정거리듯 대답한다. 그가 창밖 사이프러스 나무로 시선을 돌린다. 나도 그의 시선을 따라 사이프러스 나무와 그 나무들의 행렬을 따라 길게 뻗은 길과 길 끝에 닿아 있는 하늘을 본다. 하늘은 투명하게 맑다.

"난 힘들 때마다 어머니를 떠올리며 버틸 수 있었어. 요양원에 계시는데 못뵌지도 까마득하네."

그가 누그러진 음성으로 한숨을 쉰다. 그의 말에 잠시 마음이 무거워진다. 몇 년 동안 방치된 어머니 묘는 무연고 묘로 분류되어 사라질 위기에 있었다. 우편물은 번번이 되돌아갔고 묘를 쓴 이모는 삼 년 전에 돌아가신 터여서 후손 없는 묘지는 잡초가 무성했다. 유학에서 돌아와 어머니 묘소를 찾았을 때는 그 주변 언덕이 깔아뭉개지고 기계음이 소란스러웠다. 태양광 발전소를 설치하려는 개발업자는 무연고 묘를 정리하고 그 자리에 자신의 미래를 심으려고 모든 준비를 마친 상태였다.

고향 근처에 어머니 유택을 마련하기까지 그 과정을 떠올리면 두 번 다시 겪고 싶지 않은 불쾌한 일들이다. 어머니는 자신의 전 재산이랄 수 있는 집을 팔아 내 유학비를 대주고 전세로 옮겨 살았다. 나는 그녀의 전셋집을 정리했다. 영혼이 쉴 집을 마련하는 것도 쉽지는 않았다. 황가 문중 선산 자락에 어머니를 모시는 과정에 마을 이장이 요구하는 대로 2천만 원을 주었다. 살아서나 죽어서나 인간이 자신의 집을 갖는다는 것은 쉽지 않은 과제였다.

단편영화에서 줄줄이 상을 탈 때만 해도 나는 내 인생이 순탄한 항해를 할 것이라 믿어 의심치 않았다. 영화평론가는 유학파 신인 감독의 데뷔를 찬사 일색으로 채워주었고 주위의 반응 또한 긍정적이었다. 선거와 영화가 닮은 점은 뚜껑을 열어봐야 안다는 것이다. 첫 영화에서는 그럭저럭 손익 분기점을 넘어섰고 두 번째 세 번째 영화에서도 성공이라고 말하기엔 뭔가 미진하지만 그냥저냥 큰 손해를 보지 않음에 만족해야 했다. 하지만 거기까지였다.

"괜찮아?"

송수용이 내 눈을 들여다보며 묻는다. 어머니 생각을 하느라 나도 모르게 감정이 울컥했나 보다.

"언제까지 있을 건데."

"글쎄, 나도 모르겠다."

대책이 안 서는 대답에 그가 의심쩍은 눈으로 쳐다본다.

"산탄젤로 동굴성당이나 갔다 오지 그러냐."

"거긴 뭐 볼 게 있냐."

"미카엘 대천사가 세 번이나 나타난 곳이야. 기적도 일어나고."

"이 시대에도 기적이란 말을 쓰나."

그가 한심하다는 눈빛으로 바라보다가 한마디 한다.

"야, 니가 여기 온 게 기적이다. 내가 아직 살아있는 게 기적이고. 아니면 초자연적 현상이라고 말해야 세련됐나."

나는 송수용의 말뜻을 이해하려고 양미간을 모은다. 그가 내 어깨에 손을 얹으며 툭툭 친다.

"숙박비가 만만치 않을 텐데. 수도원 손님방에 며칠은 묵을 수 있을 거야."

"시골이라 호텔비가 싸더라고. 하룻밤에 40유로면 괜찮은 거지."

"사흘 동안 뭐 했어."

"공동묘지 둘러봤어."

내 대답에 그가 뜨악한 표정으로 쳐다본다.

"비오 신부 안치된 지하성당 가봤어?"

"썩지 않은 인간의 유해는 이태리 곳곳에서 실컷 봤어. 가는 곳마다 썩지 않은 시신을 모셔놓고 전 세계 사람들을 불러 모으더군."

"불러 모으다니, 말이 지나치다. 그분들은 성인이야. 성인의 발자취를 따라 사람들이 모이는 것이지."

"어쨌거나 황금 궁전 같아. 내 취향은 아냐. 지하 성당으로 가는 복도 벽 모자이크 성화에 온통 금을 입혀 놨어. 예술로 본다면 아름다워. 하지만 세속의 가치를 똑같이 성스러운 종교건물에 씌우는 건 아니라고 봐."

송수용은 아무 대꾸가 없다. 내 말이 좀 심했나 싶어 나는 입을 다문다. 한참만에 그가 한숨을 쉬며 조용하게 말한다.

"사실 내부에서 문제가 있었어. 빚을 많이 졌고 카푸친회에서 감당이 안 돼 교황청이 개입했어."

"성(聖)과 속(俗)이 나란히 가는 교회는 세계 어디에나 마찬가지야. 그 속에서 또 성인이 나는 거지. 진흙에서 연꽃을 피우듯 세상이 혼탁할수록 영웅이 나오고 교회가 혼란스러울 때 예언자가 등장하는 건 우연이 아니겠지."

"너 이태리에 오더니 성인 같은 말만 한다."

그의 말에 나는 피식 웃어버린다. 그는 내 눈치를 보며 뭔가 할 말을 못하고 우물대고 있다. 그럴 만도 하다. 로마에서 나폴리를 거쳐 기차를 타고 포쟈에서 내려 다시 버스로 갈아타고 거의 하루가 걸린 거리다. 산 지오반니 로톤도가 그렇게 먼 시골 마을인지 모르겠으나 멀리 멀리 어디론가 달아나고 싶은 마음은 숨기지 못하겠다. 377억 원이라는 돈은 결코 적은 금액이 아니다. 내 단편 영화 작품을 보고 시민들이 기꺼이 손을 내밀어준 대가는 혹독했다. 돈이 신이 된 현실에서 나는 죄인이 되어 숨고 싶었다. 유학파 감독이라는, 작품상과 단편영화 상을 내리 세 번 받은 감독을 믿고 투자한 사람들은 대부분 일반 시민들이었다. 낯선 이국의 기차 안에서 나는 내가 안일한 대처를 했다는 자각에 괴로웠다. 민족주의에 편승해서 화려한 스펙터클이 먹힐 거라 자만한 태도가 죽을 쑤고 말았다. 377억 원 가운데는 적금을 깨고 주식을 팔아 투자한 개인이 많았다.

"힘내. 넌 분명 재기할 거야."

그의 따뜻한 위로에 가슴이 무너진다. 한국에서 한 번 실패한 감독은 일어서기 힘들다. 제작사나 개인이나 투자하기를 꺼린다. 아무리 시나리오 작품이 뛰어나도 믿지 않는다. 송수용의 얼굴을 바라보며 오래전 그가 시나리오 대상을 받고 환호하며 밤새 술을 퍼마신 일들이 스쳐 지나간다. 유학에서 막 돌아온 나와 시나리오 작품상을 받은 그, 몇몇 배우들과 어깨동무를 하고 이태원 골목을 고래고래 소리 지르며 걸어가던 밤이 떠오른다. 그때 택시를 같이 타고 서로 돈을 내겠다고 실랑이하던 무명 배우가 지금은 천만 관객 배우가 되어 충무로 스타가 되어 있다. 그 후 그 배우는 만난 적이 없다. 현실은 비정하고 냉정하다.

그 무렵 송수용도 나와 비슷한 처지였다. 시나리오 공모전 상금 3천만 원을 생활비로 다 소비해버렸고 작품은 영화화되지 않았다. 계약 기간이 만료되어 새로운 영화사를 물색했지만 비용이 부담된다는 이유로 선뜻 작품을 사 주는 곳이 없었다. 그를 충무로에서 만나기가 쉽지 않았다. 그 후 그의 소식을 아는 사람은 아무도 없었다.

"나는 니가 어느 깊은 골짜기에서 죽은 줄 알았어."

"죽으려고 했지. 죽더라도 좀 폼나게 죽고 싶어 폼페이로 갔어. 평온한 일상에 사로잡힌 도시가 어느 날 갑자기 화산재로 뒤덮여 도망칠 틈도 없이 죽어간 사람들의 모형을 전시해 놓은 곳을 봤어. 소박한 밥상을 앞에 두고 그대로 멈춰 버린 인물이 있는가 하면 입맞춤을 하는 순간에 멈춰 버린 사람들이 있었지. 폼페이 유적지에서 일주일을 싸돌아다녔어. 아직 발굴이 안된 언덕도 가 보고, 원형극장에서 소리도 질러봤지. 어느 가정집 뒤뜰에는 죽은 나무 세 그루가 가지를 흔들며 서 있는데 강렬한 상징이었어. 벽돌만 남은 뜰에 초록색 풀과 붉은 양귀비가 인상 깊었어. 유적지에서 밤을 지새우기도 했어. 돈도 떨어지고 로사리오 성당 앞에서 구걸도 했지. 그러다가 카푸친회 신부를 만나 여기까지 온 거야."

나는 묵묵히 송수용의 지나간 이야기를 듣는다. 그도 힘겨웠을 것이다. 시나리오 대상을 받을 때만 해도 꾸준히 작품을 필요로 하는 곳이 있을 것이라고 미래를 낙관했을 것이다. 어쨌거나 그가 세상과 거리를 두고 마음을 잡은 것이 다행이라면 다행인가.

"이곳 수도원은 꼭 중세시대로 되돌아간 느낌이야. 마치 장미의 이름에 나오는 수도원처럼."

"움베르토 에코 소설에는 수도원 이름이 나오지 않아. 하지만 카푸친수도회가 배경이야."

"베네딕또회가 아니었나."

"그건 영화에서의 얘기지."

그의 말에 나는 고개를 주억거리며 영화 '장미의 이름'에서 윌리엄과 아드소를 떠올린다.움베르토 에코는 작품을 쓰기 위해 실제로 많은 곳을 답사했다 한다. 영화의 배경은 중세의

암흑기다. 신에 대한 맹목적인 믿음, 지식에 대한 높은 벽, 청빈과 금욕, 인간의 풍부한 감정에 대한 억압, 스스로에 대한 채찍질이 진실된 믿음이라고 여긴 중세 수도원. 한 사람의 잘못된 판단과 아집은 다른 생명을 잃게 하는 오류를 범한다는 내용은 비단 중세시대 만일까?

"여기는 아무나 오는 곳이 아니야."

나는 그의 말뜻을 알아듣고 고개를 가로젓는다.

"얘기하자면 길어."

나는 한숨을 내쉬며 어디서부터 실마리를 풀어나가야 할지 막막해진다.

"오래전 우리 연극할 때 기억나?"

"당근이지. 프란체스코의 장미였나?"

"너의 기억이 뒤바뀔 만큼 시간이 가긴 갔나 보다. 클라라와 프란체스코의 사랑 이야기잖아."

"이제 생각난다. 하두 오래된 일이라서. 나는 그때 평생 먹을 라면을 다 먹었어."

"내 인생의 절정이 그때였던 것 같아. 가난하긴 했어도 열정이 살아 있었잖아."

연극하던 시절 송수용과 나는 사는 게 궁핍하다 못해 몰골이 말이 아니었지만 열정만은 대단했다. 한 달 내내 라면으로 끼니를 때우면서도 연극에 미쳐 살았다. 어느 하루 그와 나는 답답한 마음에 바다를 보러 갔다. 제부도에 갔다가 우리는 남양성모성지에 들렀다. 지나가는 길에 가볍게 들러보자고 했는데 화단에 나무를 심는 청년을 만났고 우리는 나무 심는 것을 도왔다. 그가 그곳을 책임지는 신부(神父)라는 것을 나중에야 알았지만 송수용과 나는 뜻하지 않게 연극 티켓을 스무 장이나 팔았다. 나무를 심으며 자연스럽게 우리의 처지를 하소연했고 신부는 묵묵히 내 말을 들어줬다. 돌아와서 나는 제일 먼저 쌀을 샀다. 전기밥솥에서 밥이 끓는 동안 김이 오르며 풍겨오는 밥 냄새를 나는 아직도 잊지 못하고 있다.

얼마 뒤 그 신부로부터 전화가 왔다. 서울에 나올 일이 있는데 만나자는 것이다. 인사동의 어느 식당에서 신부와 해물순두부탕을 먹고 찻집으로 옮겼다. 후원자 몇몇에게 연극표를 주었는데 정작 본인은 연극을 못 봤다며 아쉬워했다. 그런 연후에 신부는 클라라와 프란체스코를 세속적인 기준으로 다뤘다며 대중의 호기심을 자극하는 내용이 쉽게 가는 길이겠지만 진실을 왜곡하면 안 되는 것 아니냐고 빤히 바라봤고 나는 당황해서 말을 얼버무린 기억이 있다. 그때 나는 신부에게 제대로 확인해 보겠다고 하고는 그 일을 잊어버렸다.

영화에 실패하고 나는 혼자 제부도를 찾아갔다. 그 사이 제부도는 많이 변해 있어서 예전의 풍경을 찾기 어려웠다. 해안산책로 데크를 따라 한참 걸었다. 데크가 끝나는 지점에는 해수욕장이 바다와 잇닿아 있었다. 모래밭에 앉아 바다를 바라보며 나는 하염없이 시간을 보냈다. 데이트를 하는 연인들과 등산복을 입은 사람들이 간간히 밀물처럼 왔다가 썰물처럼 빠져나갔다. 배가 고파 올 무렵 나는 오래전, 연극쟁이일 때 송수용과 함께 찾아간 남양성모성지를 떠올렸다. 그 신부는 아직 그곳에 있을까. 반신반의하며 성모성지에 도착했을 때는 어둑어둑 해가 지고 있었다.

신부는 나를 알아보았다. 그는 많이 변해 있었다. 젊은 청년의 모습은 간데없고 머리카락에 흰머리가 비쳤다. 앳된 청년은 어느 사이 중년의 모습으로 나를 맞아줬다. 그는 굳이 말하지 않아도 내 처지를 아는지 어디인가 숨고 싶으면 추천해 줄 데가 있다고 말했고 나는 귀가 솔깃해져 그의 입을 쳐다보았다.

"편하게 세상 구경 한 번 해보세요. 혹시 압니까. 꼬인 매듭이 풀릴지."

"어디론가 막연히 떠나고 싶은데 아직 결정을 못 내렸습니다."

"얼마 전, 우리 성지에 카푸친수도회 신부님 한 분이 다녀가셨지요. 그 신부님은 성인 비오 신부의 유해 일부를 갖고 와서 전시하고 갔습니다. 비오 신부님은 생전에 많은 기적을 일으키셨지요. 사후에도 그분의 기적은 계속되고 있고요. 그 분은 고통 받는 사람들의 성인이라고 할 수 있어요. 어쩌면 길이 보일지도 모르지요."

성모성지 신부의 한마디에 나는 주저 없이 짐을 꾸렸다. 그는 클라라와 프란체스코 이야기는 묻지 않았다. 나는 속으로 그걸 물으면 어쩌나 하고 내심 켕겼는데 다행히 아무것도 묻지 않아서 한시름을 놓았지만 찜찜했다.

어머니의 전셋집을 정리하고 남은 돈으로 나는 여행을 떠났다. 클라라와 프란체스코를 찾아서 떠난 아시시 클라라 성당에서 수도복을 입은 클라라의 유해를 만났다. 자그마한 키에 매부리코를 한 그녀는 유리관 속에 반듯하게 누워 있었다. 흑갈색 수도복 위로 두 손을 가지런히 모은 그녀의 앞가슴에는 은색 십자가가 긴 줄 끝에 매달려 있었다. 유복한 가정의 귀족처녀였던 클라라는 프란체스코의 자선과 수도공동체 생활에 매료되어 그의 삶에 동참함으로써 고행의 길로 접어든다. 많은 세속적인 유혹과 욕망을 절제하고 풍요의 삶을 뒤로 한 채 가시밭길을 가는 그녀의 인생은 내 시선에서 볼 때 분명히 고난의 길이다. 동굴과 들판에서 노숙을 하며 탁발을 하는 프란체스코와 그를 따르는 청년들은 안락한 아버지의 집을 그리워했을지도 모른다. 나는 집을 떠난 후 마음이 허해서 수시로 허기가 졌다. 그러면서도 내 작은 셋방에서 늦잠을 자고 일어나 라면을 끓여 먹는 상상을 하는 것만으로도 안정이 되었다.

바실리카 대성당 지하에서 나는 프란체스코를 드디어 만난다. 지하 대리석 기둥과 기둥 사이 작은 제단 뒤로 흰 꽃에 둘러싸인 그의 관 둘레를 따라 사람들이 경배하거나 원을 따라 천천히 돌고 있거나 줄을 서서 기다렸다. 나는 그저 멀거니 사람들과 촛불과 차가운 돌벽만 응시할 뿐 아무런 감응이 일어나지 않았다. 프란체스코와 클라라가 세상 사람들의 관점에서 벗어난 특별한 관계이건 아니건 나와 무슨 상관이란 말인가. 다만 나는 신부와의 약속을 지키고 싶은 동양의 이방인일 뿐이다. 가장 어려울 때 가장 힘들 때 신부가 사준 연극표 스무 장은 내 생을 가로질러 가는 기억 중 몇 안 되는 사건이기 때문이다. 어떤 사람은 평생 한 가지 따뜻한 기억만으로도 일생을 지탱한다고 하지 않던가.

죽은 프란체스코를 찾아 산 사람들이 끊임없이 지하 성당을 들어온다. 멀찌감치 떨어져서 나는 돌벽 안에 갇힌 그를 향해 묻는다. 당신이 원한 건 다 이루었습니까. 클라라가 프란체스코를 찾아와 제자가 되고 봉쇄 수녀원에서 일생을 보낸 일은 인간적인 눈으로 보면 이해할 수 없는 일이다. 평범한 사람들에게 그들의 사랑은 너무 높고 먼 이야기이다. 프란체스코와 클라라의 이야기는 사람들의 호기심과 갈망, 사랑에 대한 로망이 빚어낸 해프닝인 셈이었다.

"이 나라는 죽은 사람을 경배하는 문화인가 봐."

"그건 한국도 마찬가지지. 제사를 지내고 묘지를 관리하고,

심지어는 시묘살이라는 풍습도 있었잖아."

내 물음에 송수용이 대꾸를 한다.

"여기 사람들은 죽은 사람을 두려워하지 않는 것 같아. 친근하고 가깝게 지내려는 게 보여."

"신앙생활과 밀접한 관계가 있어서일 거야. 사후 세계를 믿으니까."

"그렇더라도 시신을 모셔 두고 관람하는 건 낯설어."

"일부 신의 은총을 입은 특별한 사람들의 이야기야. 일반인은 그냥 우리와 똑같이 땅에 묻히고, 썩고, 잊혀지는 거지."

"비오 신부 손가락이 까맣게 썩어 있는데 얼굴과 몸은 멀쩡하더라. 그건 무슨 의미지?"

"신의 영광을 드러내는 표징이라고 해 두자."

"소멸하는 몸을 가진 인간이라는 뜻인가. 신의 영광과 인간의 한계를 드러내는 그런 뜻?"

"모든 걸 다 이해한다면 우린 신의 경지에 올라 있을 거야. 약한 모습 그대로인 우리를 인정하면 좀 편안해지지."

그의 말에 나는 대답을 못하고 가만히 바라본다.

"온 김에 몬테 산탄젤로는 꼭 가 봐."

그는 뜬금없이 산탄젤로를 가보라고 말하고는 일어선다. 대성당 광장으로 나오니 바람이 쌀쌀하다. 광장 한가운데에서 중년 부인이 다가오며 뭐라고 손짓을 한다. 나는 그 자리에 서서 부인이 빠른 걸음으로 다가오는 모습을 멀거니 바라본다. 가까이 다가온 부인이 작은 카드를 내민다. 성모 마리아와 비오 신부의 모습이 담긴 카드다. 주머니를 뒤적거리니 2유로 동전이 나온다. 1유로나 50센트를 찾으려 하나 찾을 수가 없다. 부인이 간절한 눈빛으로 나를 바라본다. 부인의 눈동자는 까맣고 말할 수 없이 맑고 깊다. 순간 나는 그 부인에게서 어머니의 환영을 본다. 2유로를 부인에게 건넨다. 그녀가 손에 쥐고 있던 작은 카드 뭉텅이에서 여러 장을 빼내어 준다. 나는 두 장을 갖고 나머지는 돌려준다. 그녀가 감사하다며 돌아서 간다. 그녀의 긴 치맛자락이 날린다. 나는 2유로에 대해 잠시 후회하는 마음이 생긴다. 그 돈이면 피자 한 조각이나 커피를 한 잔 해결할 수 있다. 숙소를 향해 걸어가며 내일 일정을 고민한다. 맞은편에서 흑인 청년이 두 손을 내민다. 나는 노라고 말하며 비켜선다. 흑인 청년은 붉은 잇몸과 흰 이를 드러내며 좋은 하루가 되라고 내 등 뒤에 대고 말한다. 기분이 묘하다. 지나온 길에서 흑인 소년부터 청년들을 많이 만났다. 그들은 멀쩡하게 걸어오다가 도와달라고 두 손을 벌린다. 대부분 일자리를 얻지 못한 난민들이다.

호텔로 걸어가는 길 양쪽에 사이프러스와 무화과가 자라고 있다. 피자가게와 커피숍, 레스토랑에는 비오 신부의 동상이나 그림이 그려진 액자, 사진이 나붙어 있다. 가정집 벽에도 비오 신부의 사진이 붙박여 있다. 비오 신부의 부조와 사진, 그의 이름을 딴 성당과 레스토랑, 선물 가게가 가득한 마을이다. 죽은 비오 신부가 산 사람들을 먹여 살리고 있다. 전 세계에서 그를 보려고 몰려드는 사람들로 인해 언덕 아래나 외곽지대에는 호텔 건물 공사가 한창이다. 식당을 찾아 두리번거린다. 가게마다 셔터가 내려졌거나 문이 잠겨 있다. 거리는 한산하다 못해 적막이 감돈다. 시계를 확인하니 오후 3시가 넘은 시각이다. 붉은 등이 달린 중국인 식당 앞에서 서성거린다. 식당 문에는 오전 11시부터 오후 3시, 오후 7시부터 11시까지 문을 연다는 안내문이 붙어 있다. 모든 거리가 비어 있고 청소차가 느리게 지나간다. 20여분 마다 성당 종소리가 울린다. 시청 건물에서도 종이 울린다. 어깨를 움츠리고 천천히 걷는다. 호텔까지 십여 분. 목이 마르고 배가 고픈 것을 꾹 참고 숙소를 향해 걷는다.

"하이."

프런트에서 여주인이 친절한 미소를 날린다. 아주 간단한 영어 인사 정도로 소통은 끝난다. 호텔 레스토랑 지배인은 턱밑에 수염이 덥수룩한 털보아저씨인데 영어를 잘 못하는 중년 남자다. 스테이크를 주문하는데 한참이나 시간이 걸렸다. 미국식 영어가 이곳에서는 잘 안 통한다. 미트라고 표현하자 겨우 소통이 이루어졌다. 첫날 저녁, 겨우 소통이 되어 털보가 갖다 준 스테이크는 소고기 부위를 넓적하게 오려 내어 그릴에 구운 것이라 퍽퍽하고 질겼다. 양은 또 얼마나 많은지 삼사인분은 되는 듯했다. 고기는 맛있었지만 질겨서 다 먹지 못하고 남겼다.

레스토랑 옆에 위치한 커피숍에서 라떼를 한 잔 사서 마신다. 커피 한 잔에 1유로. 이 나라는 커피를 수입하는데 값이 저렴하다. 첫날 스테이크 사건을 겪은 후 메뉴는 피자나 파스타를 주로 먹는다. 털보는 나를 기억하고 활짝 웃으며 자리를 안내한다.

"샐러드 앤 가쪼네."

"온리 샐러드?"

그가 묻는다. 나는 예스라고 고개를 크게 끄덕여준다. 조금 후 털보가 갖고 온 샐러드는 그야말로 풀밭이다. 접시에 담긴 초록 이파리는 싱싱하게 살아 있다. 내가 생각한 온리 샐러드는 연어나 버섯, 아몬드나 올리브 열매 모짜렐라치즈 같은 것들을 섞지 않은, 순수한 올리브기름에 발사믹식초를 얹은 것을 말함인데 털보가 이해한 온리 샐러드는 올리브 오일도, 발사믹식초도, 아무것도 섞지 않은 채소 이파리였다. 나는 토끼가 된 심정으로 비릿한 초록 이파리를 포크로 찍어 입에 넣는다. 인간의 조상이 된 심경으로 생소한 이파리 채소를 천천히 입에 넣고 씹어 먹는다. 불을 발견하기 전 인류는 생식을 했고 지금도 그 시대를 그리워하는 사람들은 채식을 하거나 생식을 하며 살아간다. 그러므로 나는 단순한 풀밭 샐러드에 대해 더 이상 집착하지 않기로 마음먹는다. 가쪼네는 양파, 토마토, 햄, 치즈 같은 각종 재료를 손바닥만한 밀가루 반죽 속에 넣어 화덕에 구워낸 만두 종류다. 입에 맞아서 길거리 포장마차에서도 사먹었다. 저녁 식사를 끝내고 시내를 둘러볼까 하다가 객실에 올라가 텔레비전을 켠다. 화면에는 화장품과 커피와 침대 광고가 지나간다. 낯선 언어가 난무하는 화면을 바라보며 침대에 드러눕는다. 세상에는 참 많은 언어가 공존한다. 버스 안에서 로톤도로 가는 길을 물어보았다가 사람들의 친절한 언어에 귀찮은 경험을 한 터여서 생소한 언어를 무심히 흘려듣는다.

산타마리아 마떼르 데이 오라 푸로 노비스 빽가 또리 부스 눙크 엣 인 오라 모르띠스 노 스트레 …….

나는 카푸친수도회에 와 있다. 감미로운 음악이 흐르고 흑갈색 복장을 한 수사들이 양편에 나란히 서서 화음을 넣어 노래를 부른다. 신에게 바치는 찬미의 노래는 화성이 살아 있다. 그 속에서 낯익은 얼굴을 발견한다. 송수용이다. 그는 나를 발견하지 못했는지 그들의 전례에 몰두하고 있다. 나는 윌

리엄 신부가 되어 그곳을 나와 회랑을 따라 걷는다. 삼층 계단을 따라 아래로 내려가니 올리브와 오렌지가 심어진 정원이 나온다. 정원 안의 회랑을 다시 지나 계단을 오른다. 도서관을 찾는 일은 복잡한 미로와 같다. 이층 복도에서 갈림길이 나오고 갈림길에서 어느 방향을 찾아가야 할지 막막하다. 창밖 하늘에는 새들이 날아간다. 흰 비둘기 떼가 건너편 붉은 기와지붕에 나란히 앉아 졸고 있다. 지붕 굴뚝에서는 연기가 피어오른다. 미로를 헤치고 어느 육중한 나무 문 앞에 멈춰 선다. 문을 밀자 종이가 말라가는 냄새, 오래된 곰팡이 냄새가 훅 끼쳐 온다. 두꺼운 커튼을 친 도서관은 어둠침침하다. 흐릿한 실내 풍경 속에 그림자 하나가 허리를 숙인 채 필사를 하고 있다. 고개를 숙인 그의 옆모습에서 얼핏 호르헤 수사가 떠오른다. 모든 지식의 집합체인 수도원. 여러 언어로 흩어진 복음서를 모아 해석하고 필사하며 경전을 다진 그들의 세계는 견고한 성과 같다.

"This room is not a room for anyone to come in."(이 방은 아무나 들어올 수 있는 방이 아닙니다.)

어둠 속에서 들려오는 목소리. 나는 허공을 쳐다본다. 고개 숙인 수사가 일어나 손으로 문을 가리키며 나가라는 신호를 보낸다. 나는 두려움에 사로잡혀 그곳을 빠져나온다. 회랑을 지나오는데 그림자가 따라오는 듯하다. 나는 빠른 걸음으로 걷다가 뛴다. 그림자가 내 뒷목덜미를 낚아챈다.

"아악!"

비명을 지르며 깨어나니 허리가 욱신거린다. 침대에서 일어나 거울을 본다. 저녁 먹고 금방 잠들어서 얼굴이 푸석거린다. 인류의 방대한 지식을 화염 속으로 던져 넣은 광기는 몇몇 역사에 남아 있다. 로마 네로황제 시대나 진시황 때에도 지식인은 배척당했고 책은 불태워졌다. 수도원의 엄격함, 도덕과 지식에 대한 맹목적인 판단은 조선의 중세에도 포함된다. 성리학과 주자학은 높은 도덕성의 성찰을 요구했고 사대부 권력층은 그것을 신분상승의 기회로 활용했다. 장미의 이름에서 수도원의 도서관은 불태워진다. 기존의 질서가 파괴되고 새로운 가치가 세상에 등장하게 된다. 시계를 보니 어정쩡한 경계에 있다. 새벽과 아침 사이에서 나는 세수를 하고 겉옷을 입는다.

버스 정류장에서 첫차를 기다린다. 몬테 산탄젤로 가는 버스는 한 시간에 한 대 정도가 있다. 차가운 바람이 살을 파고든다. 늦은 봄의 로톤도는 코끝이 싸하다. 버스는 오지 않고 몸은 얼어버렸다. 한 시간이 그냥 지나간다. 시간을 잘못 보았나 싶어 간이 정류장 기둥에 붙은 버스 시간표를 찬찬히 확인하다가 옆에 서 있는 낯선 외국인에게 물어본다. 그는 내가 가리킨 목적지와 시간이 맞다고 대답한다.

짙은 초록 밭이 넓게 펼쳐진 들을 지나 버스는 덜컹거리며 시골길을 달린다. 올리브나무 군락지와 포도밭이 끝없이 이어진다. 양 떼와 염소, 흰 소가 풀을 뜯는 목초지가 군데군데 나타나고 길가에는 미루나무가 키를 뻗으며 서 있다. 언덕 위 성벽에 깃발이 펄럭인다. 사람들이 사는 마을은 모두 강이 가까운 평지가 아니라 언덕이나 산등성이에 형성되어 있다. 이민족이나 이웃 도시와의 전쟁에서 살아남기 위해 이들은 높은 언덕에 집을 짓고 살아야 했다. 사는 게 전쟁인 건 예전이나 지금이나 같은 것인가. 거지들, 구걸하는 사람들을 만나면서 나는 내 삶의 조건에 대해 돌아본다.

동굴 성당으로 들어가는 문은 열려 있다. 돌로 지은 성당 지붕 밑 장미창 옆에 미카엘 대천사의 조각상이 서 있다. 칼을 들고 왕관을 쓰고 날개를 단 그는 땅을 향해 금방이라도 날아올 것 같은 동작을 하고 있다. 대리석 계단을 밟으며 지하로 내려간다. 대리석 계단은 곡선을 이루며 지하로 깊이 뻗어 있다. 어둠침침한 동굴. 꽤 너른 공간이 나타난다. 안쪽 깊은 곳, 바위 천장과 바위벽을 배경으로 제단이 있다. 제단에는 촛대가 나란히 여섯 개 서 있고 촛대 위에서 촛불이 타고 있다. 몸집이 두둑한 늙은 수녀가 제대 위에 탁자보를 깐다. 흰 천이 펼쳐지고 오르간 음악이 흐르고 사람들이 하나둘 자리를 잡고 앉는다. 모여든 사람들이 오르간 음악을 뒤로 하고 바위벽을 따라 이동한다. 미로를 따라가다가 벽으로 연결된 문 앞에 멈춰선다.문은 열려 있고 안에는 정적이 흐른다. 아무도 없는 것 같아 그 방에 발을 들이민다. 좁은 방 제대 위에 태양빛 모형의 성체 현시대(顯示臺)가 있다. 양쪽 주위로 기름 등잔이 있고 등유 냄새가 허공에 떠다닌다. 바람도 창문도 없는 어두운 공간에 불빛이 푸르스름한 불꽃 씨앗을 피워 올리며 흔들린다. 불꽃이 너울댄다. 어디서 바람이 부는 걸까. 등잔불을 흔드는 건 바람이 아닐지도, 불꽃이 깜박이는 건 미세한 먼지의 흐름 때문인지도 모른다. 나는 유리 등잔의 심지가 기름을 빨아올리며 서서히 아주 조금씩 줄어드는 장면을 지켜본다. 얼마나 시간이 흘렀는지 얼마나 오래 있었는지 알 수가 없다.

나는 고요히 흔들리는 등불을 바라보다가 주위를 둘러본다. 사방 벽에는 유리로 만든 벽장이 있고 벽장 안에는 해골이 있거나 무릎뼈 같은 인골이 놓여 있다. 여행 중에 유적지에서 본 인간의 뼈를 이곳, 이름도 모르는 이탈리아 남동부 소도시 지하 동굴에서 또 만나다니, 문득 고대 고분 안에 들어와 있는 기분이다. 유리벽 안의 해골이 나를 훔쳐보는 것 같다. 나도 해골을 가만히 훔쳐본다. 해골의 뻥 뚫린 공허에서 나는 미래의 내 모습을 유추해 본다. 동굴 밖으로 나가면 밝은 빛이 흘러넘치는 한낮이다. 어둠 속에 갇혀 있는 뼈들과 유해의 경계 구역에서 나는 두려움과 친근함의 영역에 갇혀 잠시 시간을 잊어버린다. 오래 되어 먼지 앉은 해골은 이 방에 얼마나 갇혀 있는 걸까. 그의 영혼은 자신의 뼈에 머물러 있는 걸까. 어디론가 자유롭게 떠다닐까. 나는 문득 해골의 세계가 궁금해졌다. 좁은 공간에 갇혀 영원을 살고 있는 해골의 안위가 갑자기 걱정스러워졌다. 800고지 언덕에 위치한 소도시는 잊혀진 유적처럼 건물과 골목, 거리 곳곳이 고분군처럼 오래된 흔적을 깔고 있다. 빛바랜 붉은 지붕들, 여기저기 널브러진 기와 조각과 돌조각들. 대리석으로 바닥을 깔아 단단한 골목들.

송수용이 사라졌을 때 그는 금방 잊혀졌다. 내가 이곳에서 실종되어도 아무도 찾지 않을 것이다. 유럽파 후배들의 약진, 세련된 영상미와 구조는 한국 영화가 상업과 예술의 접점에서 어느 정도 미학을 획득해 가고 있음을 말해준다. 이제 나는 더 이상 젊은 감독이 아니다. 나이가 문제가 아니라 감각이 그렇다. 천만 관객 고지의 정상에 섰던 선배는 서서히 하강을 하면서 후배들의 빠르고 디테일하며 화려한 감각을 따라가기 어렵다고 하소연한 적이 있다. 선배는 그 이후 사극 영화에 눈을 돌렸다. 나는 갈림길에 서 있다. 대중의 구미에 맞는 야한 사극 한 편을 만들어서 잊혀지지 않을 정도의 지명도를 유지하며 이 판에서 살아남아야 하는가. 한숨이 저절로 나온다. 등잔의 기름이 아주 서서히 줄어든다. 깜박 잠이 든다. 주위가 어수선해서 눈을 뜬다. 한 무리의 관광객이 몰려와 우르르 나무 의자를 차지하고 앉는다. 조용히 일어나서 방을 나온다. 미사가 끝난 동굴성당은 사람들이 오고 간다. 늙은 수녀는 다시 제대를 정리하고 다음 미사를 위해 초에 불을 붙인다.

좁은 통로를 따라 천천히 걷는다. 어디인가 모를 곳으로 길이 나 있다. 길을 따라 가다보니 점점 더 깊은 미궁으로 내려가는 것 같다. 땅속 바닥으로 자꾸 길이 좁아지고 있다. 희미한 5촉짜리 알전구가 군데군데 벽에 매달려 있다. 갑자기 눈앞이 깜깜해진다. 고개를 들자 사방 어둠이 나를 에워싼다. 어디선가 차가운 바람이 목덜미를 휘감는다. 전기가 나가버렸다. 눈을 뜨나 눈을 감으나 깜깜한 어둠뿐이다. 배터리가 간당거리는 스마트폰을 켤 엄두가 나지 않아 그 자리에 서서 바위벽에 몸을 기댄다. 축축한 차가움이 등을 타고 온몸에 퍼진다. 영영 갇혀 미이라가 될 지도 모른다. 얼마나 시간이 흘렀을까. 눈을 뜨자 깊은 바닥으로부터 희미한 불빛이 퍼져 나온다. 불빛을 따라 천천히 돌계단을 밟고 내려간다. 군데군데 촛불이 켜져 있다. 돌계단이 끝나는 곳에 나무 의자가 여러 개 놓여 있고 두세 사람이 앉아 있다. 벽쪽으로 사각 틀의 큰 박스가 있고 박스 앞에는 움푹 파인 접시 모양의 등잔이 있고 등유가 타는지 기름 냄새가 난다. 고해소다. 고해소 안에서 건장한 노인이 나오자 그 뒤를 이어 기다리던 사람이 들어간다. 오 분, 십 분……. 여인의 울음소리가 들려온다. 여인의 울음소리는 한참이나 이어진다.

시간이 흐르고 어느 사이 사람들이 모두 가버리고 나 혼자 남아 있다.

"두유 해브 애니 워리스?"

눈을 감고 졸고 있는데 목소리가 들려온다. 눈을 뜨고 고개를 들자 눈앞에 까만 복장을 한 신부가 서 있다. 신부는 어깨에 보라색 띠를 둘렀다.

"Do you have any worries?"

"Oh, no, no."

처음 만난 신부가 고민이 있느냐고 묻는다. 나는 당황해서 아무 말도 못하고 그를 쳐다본다. 그가 다시 물었을 때에야 나는 아니라고 말하고는 일어나 허둥지둥 돌계단을 따라 발걸음을 재촉한다. 신부의 건조한 음성이 떠올랐다 사라진다. 나는 왜 여기에 와 있는 걸까. 해골이 있는 방으로 부지런히 걸음을 옮긴다. 고요히 촛불이 흔들리는 공간. 아무도 없다. 나는 방으로 들어가서 조심스럽게 유리 벽 문을 밀어본다. 의외로 쉽게 열린다. 해골의 공허한 표정이 나를 사로잡는다. 해골을 꺼내어 옷깃 사이에 숨기고 빠른 걸음으로 돌계단을 밟아 밖으로 나온다. 숨이 가쁘다. 뒷골이 서늘해져 나도 모르게 장미창 옆 미카엘 천사의 동상을 올려다본다. 순간 미카엘 천사의 눈과 내 눈이 마주친다. 그는 한쪽 손에 긴 칼을 들고 던지려는 자세로 나를 노려본다.

나는 놀라 그 자리에 주저앉는다. 옷깃에 감췄던 해골이 바닥에 나뒹군다. 성당 마당을 가로질러 정문을 향해 뛰는데 발이 떨어지질 않는다. 금방이라도 누군가 목덜미를 낚아챌 것 같아 식은땀이 흐른다. 철문 앞에는 중년의 부인이 어린 아들을 안고 도와 달라며 손을 벌리고 있다. 꼬마 아이는 예닐곱 살쯤 돼 보인다. 그들 모자를 지나쳐서 번화한 골목을 따라 내달린다. 누군가 소리치며 쫓아온다. 뒤돌아보니 성당 문 앞에 앉아 있던 꼬마가 뭐라고 소리치며 쫓아온다. 나는 가쁜 숨을 내쉬며 계속 달린다. 목소리도 꼬마도 보이지 않을 무렵 나는 어느 골목 안에 와 있다. 바닥에 주저앉아 두 다리를 뻗고 하늘을 쳐다본다. 여기는 어디일까. 스마트폰은 먹통이 된 지 오래다. 길은 보이지 않고 사방이 돌벽으로 막혀 있다. 돌벽을 짚고 천천히 일어나 길을 찾아 나선다. 막막하다. 멀리 저녁 하늘이 붉게 흐른다.

설행

설행

눈발이 거세어지기 시작했다. 여자의 걸음이 빨라졌다. 여자는 잠시 멈추어 서서 하늘을 가득 덮은 눈송이를 바라보다가 걸음을 옮겼다. 휘청 눈길에 미끄러지려는 몸을 간신히 세운 여자는 절망한 낯빛으로 주위를 둘러보았다. 참새 떼가 한꺼번에 갈대숲에서 날아올랐다. 강에는 청둥오리 떼가 눈 내리는 세상과는 아무런 관련이 없다는 듯 유유히 떠다녔다. 골짜기가 조금씩 시야를 어지럽히며 산맥과 능선의 실루엣을 지워가고 있었다. 멀리서 마을의 개들이 짖었다. 눈은 무릎 높이까지 차올랐다. 여자의 발자국이 빠르게 지워지고 있었다. 마을과 산자락을 잇는 경계가 불분명해지고 어느 사이 어둠이 내려앉았다. 여자는 주위를 둘러보았으나 인가라고는 없었다. 아득한 눈발 속에서 여자는 불빛이 반짝하고 빛나는 것을 본 것 같았다. 눈송이는 점점 불어나서 세상을 통째로 덮을 듯 쏟아졌다. 하늘은 먹빛 어둠으로 덮였고 숲은 깜깜했다. 여자가 찻집을 발견한 것은 사방이 완전한 어둠으로 덮여 사물을 분간하기 어려울 때였다.

외딴 숲속에 통나무집이 있었다. 카페 간판이 붙어 있어서 의아했지만 여자는 그런 걸 따질 계제가 못되었다. 문을 열고 들어가자 실내는 따뜻했고 비발디의 사계 겨울이 울려 퍼지고 있었다. 남자가 난로에서 군고구마를 뒤집고 있었다. 눈이 마주쳤다.

"어떻게 오셨죠."

"뜨거운 커피 한 잔 마실 수 있나요."

여자는 입구에 서서 떨리는 목소리로 물었다. 남자가 들어오라고 손짓을 하고는 난롯가에 의자를 갖다주었다. 여자는 휘청거리는 걸음걸이로 의자에 주저앉았다. 남자가 목장갑을 벗더니 주전자에서 뜨거운 물을 한 잔 담아 주었다. 여자는 두 손으로 컵을 꼭 감싸 쥐고 조금씩 물을 마시며 주위를 둘러보았다. 다듬지 않은 통나무 서까래가 천장을 가로질러 집을 지탱하고 있었고 벽에는 엘피판이 가득 꽂혀 있는, 한눈에도 전형적인 음악 카페 분위기가 났다. 하지만 숲속 외딴 곳에 음악 카페라니, 여자는 의혹이 가득한 시선으로 남자를 건너다보았다. 남자가 커피콩을 갈아 드립 커피를 준비하는 동안 음악이 바뀌어 쇼팽의 피아노 곡 녹턴이 흘러나와 여자는 귀를 기울였다. 커피는 진했고 썼다.

남자가 난로에 장작을 더 넣었고 군고구마가 익었는지 쟁반에 담아 껍질을 벗겨 여자에게 건넸다. 노란 속살이 보이는 군고구마는 김이 났고 뜨거웠다. 여자는 군고구마 속살을 조심스럽게 베어 먹으며 남자가 어떻게 무슨 이유로 숲 속에 카페를 냈는지 궁금했으나 묻지 않았다. 남자는 청바지에 털실로 짠 폴로 티셔츠 위에 검정 가죽 재킷을 걸치고 있었는데 나이는 사십 중후반으로 보였으나 그것도 확실치 않았다. 여자는 자신의 처지가 그제서야 돌아 보여 걱정스럽게 물었다.

"이 근처에 민박집을 구할 수 있을까요?"

"아마 없을 겁니다."

남자가 담담하게 대답했다. 질문하는 여자의 눈에 간절함이 담겨 있었다. 남자가 어딘가로 전화를 걸었다. 내용으로 보아 마을 이장과 통화를 하는 것 같았다. 여자는 본의 아니게 통화 내용을 들을 수 있었다. 민박을 구하는 분이 있는데 마을 회관에서 하룻밤 묵을 수 있느냐, 라고 물었고 상대방이 망설이다가 방이 좀 추울 거라고 말할 때 남자가 돌아보았고 여자는 괜찮다고 고개를 끄덕였다. 남자는 이장과 한참동안 대화를 이어갔다.

"방이 좀 춥기는 하지만 묵을 수 있다네요. 이장님이 모임이 있어 좀 늦을 거라고 기다려 달라고 합니다."

남자가 어려운 과제를 해낸 듯한 표정으로 밝게 웃었다. 얼었던 몸이 녹으면서 여자는 피곤이 몰려왔다. 조금 후 남자가 구석 장작더미 옆에 놓인 자루에서 옥수수 알갱이 한 바가지와 조를 한 줌 꺼내어 밖으로 나갔다.

"짐승들이 눈이 오면 민가로 내려와요. 배가 고파서."

남자가 들어오며 눈을 털었다. 남자는 다시 대야에 물을 가득 담아 밖으로 나갔다가 들어와 어깨에 쌓인 눈을 털어냈다.

"이런 눈은 처음이에요. 엄청 푸지게도 오네요."

남자의 말에 여자가 두려움이 가득한 눈동자를 굴리며 쳐다보았다. 남자는 그 사이 엘피판을 내리고 창밖을 내다보았다. 음악이 꺼진 실내에 적막이 찾아왔다. 여자는 유리창 밖으로 내리는 눈을 보며 낮의 청둥오리 떼를 떠올렸다. 남자가 창문을 열었다. 눈이 마구 쏟아져 내리는 바깥 풍경이 세상 너머의 일들을 잊게 하는 것 같았다. 눈 내리는 밤의 정경이 고즈넉하고 적요했다. 여자의 귀에 눈 내리는 소리가 들리는 듯했다. 그것은 확실했다. 눈 위를 걷는 발자국 소리 같은 것, 나뭇가지 위에 내려앉는 새의 날갯짓 같은 것, 뭐라 이름할 수 없는 미세한 침묵의 소리가 나는 것 같았다. 남자가 다시 엘피판 음악을 재즈로 바꾸고는 캔맥주를 따서 마셨다.

"눈 내리는 밤이면 고라니나 어린 동물들이 눈 속에 갇혀 버려요. 이 카페는 제 것이 아니고 친구가 임시로 맡긴 겁니다. 호주에 유학 보낸 딸과 부인을 만나러 가서는 돌아오지 않은지 두 계절이 되어 가네요. 금방 돌아온다더니 겨울을 넘길 모양이에요."

남자는 묻지도 않은 말을 혼자 주저리주저리 중얼거렸다.

"……."

"근방에서는 제가 이방인이죠. 여름휴가로 친구를 찾아왔다가 눌러 앉았어요."

여자는 고개를 숙인 채 난롯불을 쬐며 남자의 말을 들었다. 사위는 적막했다. 이 남자는 외로운 걸까. 여자는 남자의 보풀이 돋은 스웨터와 낡은 청바지를 보며 그런 생각을 했다.

"라면 드실래요?"

남자가 문득 생각났다는 듯이 여자를 바라보더니 카운터 뒤로 돌아나갔다. 미처 여자가 대답을 하기도 전이었다. 여자는 화장실에 다녀오며 카운터 뒤쪽으로 싱크대와 냉장고가 놓여 있는 것을 본 터여서 그곳이 부엌임을 알고 있었다. 남자의 태도가 편안하지만은 않았다. 남자의 친절을 가까이에서 받아본 일이 얼마만인지 여자는 떠올리기도 싫었다. 얼마 후 남자가 라면을 끓여 냄비째 쟁반에 담아내 왔다. 냉장고에서 자르지 않은 포기김치도 꺼내어 큰 접시에 담았다.

"이렇게 먹는 라면 맛도 괜찮아요."

남자가 젓가락을 건네주었다. 여자는 젓가락을 들고 남자가 냄비 뚜껑에 라면을 덜어 먹는 모양을 멀거니 바라보았다.

배추김치를 손으로 찢어 입으로 넣는 그의 모습에서 삶에 대한 애착이 강하게 느껴졌다. 여자는 입맛이 없었다. 라면 국물을 컵에 따라 조금 마시고는 젓가락을 살그머니 내려놓았다.

이장은 오지 않았다. 여자는 초조해지기 시작했다. 자정이 지나 이장이 랜턴을 들고 왔다. 트럭이 눈길에 미끄러져 걸어왔다고, 늦어 미안하다고 말했다. 남자와 이장이 악수를 하고 밤 인사를 하고는 헤어졌다. 여자는 남자에게 고맙다고 말하고는 이장을 따라 밤길을 걸었다. 골짜기 초입에서 나와 하천변을 따라 걷는 여자의 발걸음이 더뎠다. 장화를 신은 이장이 앞에서 길을 내고 여자가 따라 오는지 가끔 뒤돌아보았다. 눈은 그쳐 있었다. 무릎 높이까지 쌓인 눈을 밟으며 여자는 이장의 발자국을 따라 걸었다.

"우리 마을에는 워치케 왔슈?"

이장이 물었으나 여자는 오래 전에 알던 사람을 찾아왔다고 말하려다가 입을 다물었다. 어쩌면 이장은 그 일을 알지도 몰랐다. 반백의 이장은 대략 육십 대 중반이거나 후반쯤 돼보였다. 가로등 불이 군데군데 어둠을 밝히며 서 있는 마을은 예전과는 달라진 듯했다. 여자의 기억 속에는 카페 근처 어디쯤 부대가 있었고 장교 숙소가 있었으며 군인들의 사택이 여러 동 있던 걸로 기억했으나 그 비슷한 건물도 찾기 어려웠다. 하천을 벗어나 마을 중심부의 회관에 도착하자 이장이 건물 외벽 바깥 계단을 통해 이층으로 안내를 했다. 여름에 이층 방을 만들었다며 둘레길을 걷는 사람들이 가끔 이용한다고, 마을 기금 조성에 도움이 될까 하여 삼만 원만 받는다고 했다. 여자는 지갑에서 삼만 원을 꺼내주고 인사를 하고는 문을 걸어 잠갔다. 보일러는 켜져 있는데 바닥이 차가웠고 구석에 전기장판이 있었다. 찬장에는 그릇이 있었고 싱크대 위에는 일회용 가스버너가 놓여 있었다.

유리문 밖 발코니에 눈이 쌓여 있고 나뭇가지들이 조금씩 흔들렸다. 여자는 맨발로 발코니의 눈을 밟았다. 차가운 냉기가 발바닥에 닿으며 미세한 전율이 가슴을 치고 지나갔다. 멀리 산등성이 나무들의 행렬이 추위를 견디느라 웅크려 있는 듯했다. 그 풍경은 오래 잠자던 기억을 일깨웠다. 추위가 휘몰아치던 밤, 골짜기 눈을 밟으며 망연히 서 있던 장면이 살아나며 여자는 몸이 얼어붙는 환각에 빠져들었다. 섣달의 저녁 바람은 뾰족한 바늘처럼 살갗을 찔러댔고 코끝에 스며드는 차가움에서 마른 장작이 타며 뿜어내는 향내가 났다. 밤의 대기에는 푸른 연기와 사그라지는 재와 불 냄새가 배어 있었다.

발바닥이 얼얼해지고 몸이 뻣뻣해지고 있었다. 베란다 문을 닫고 방안에 들어와 가스버너를 켜고 주전자에 물을 끓였다. 푸르스름한 어둠이 저녁의 발코니를 에워싸며 건너편 산등성이가 아득하게 멀어졌다. 서로 얼크러지며 추위를 피하려는 산등성이 나무들의 실루엣이 희미한 안개로 떠 있는 밤의 풍경이 오래전 기억을 환기시키며 두통처럼 여자를 쑤셔댔다. 그것은 삭힌 김치의 신맛처럼 뜬금없이 솟아오른 기억이었다. 여자는 뜨거운 티백 녹차를 한 잔 마시고 담요를 뒤집어썼다.

다음날 정오 무렵 일어난 여자는 외출 준비를 했다. 하늘은 맑게 개었다. 햇볕이 순백의 설원에 부딪혀 빛의 입자를 튕겨내고 있었다. 눈이 부셨다. 여자는 선글라스를 꺼내 쓰고 산자락 골짜기 입구를 향해 걸었다. 모든 게 바뀌어 있었다. 여자가 기억하는 형상이 모두 사라지고 눈앞에는 황량한 풍경만이 남아 있었다. 여자는 당황스러웠다. 사흘간 내린 눈으로 마을은 고립되었다. 밖으로 나가려는 자동차나 외부에서 들어오려는 차량이 없는 세상은 원시의 야생 상태로 되돌아간 듯했다. 청년들이 사냥총을 들고 골짜기로 들어가는 게 멀리 보였다. 여자는 무언가 잃어버린 시간을 찾아 헤매는 사람처럼 걷고 또 걸었다. 마을을 둘러싸고 있는 산기슭의 오솔길이나 옛길을 돌았다.

지친 몸을 이끌고 여자가 회관으로 돌아오자 열린 일층 문으로 노인들이 모여 잡담을 나누고 있었다. 한쪽 방에서는 남자 노인들이 화투를 치고 다른 방에서는 할머니들이 김치 안주에 막걸리를 마시다가 여자를 불렀다. 할머니들은 나이가 칠십대나 팔십대로 보였고 대부분 늙은 여자들이었다. 방안에는 찐 감자와 생두부, 옥수수 튀밥이 수북하게 담겨 있었다. 허기가 몰려오며 여자의 뱃속에서 천둥소리가 지나갔다.

"술 한잔 자시구 가유우."

"왜 왔슈."

늙은 여자들이 한꺼번에 질문을 던졌다. 여자는 다소곳이 주저앉아 그들이 건넨 막걸리 한 사발을 마시고 찐 감자를 손에 들었다.

"자고 갈 거유?"

"어쩔 수 읎지. 눈길이 막혔으니께."

누군가 묻고 누군가 대답을 했다.

"짠지 갖다 드슈. 여기는 없는 게 없시유. 시월 말에 김장을 잔뜩 해여 짠지꽝에 그득허니 채우고 심심허면 짠지만두를 만들어 먹는 게 낙인디."

굵은 주름이 얼굴에 가득한 늙은 여자가 감정이 없는 목소리로 조곤조곤 말했다. 부엌에서는 구수한 고깃국냄새가 풍겨 나왔고 압력 밥솥이 쉬지 않고 돌아가는 소리가 났다. 여자는 그들이 붙잡는 대로 주저앉아 한끼를 해결할 생각이었다. 늙은 여자들의 주름진 얼굴에 집요한 탐색의 기미가 느껴졌다. 그녀들의 시선이 일제히 여자에게 꽂혔고 뭔가 알아내고 싶어서 입이 근질거리는지 눈빛은 호기심으로 가득 빛났다. 여자는 곤혹스러움에 당장 일어서고 싶었으나 허기가 체면과 염치를 팽개치게 만들었다.

"아주 오래 전에 군부대가 있었는데 지금은 없어졌네요."

"군부대 떠난 지 오래 됐시유."

"부대가 있을 적에는 촌동네가 살만 했는디, 군인들이 몽땅 가버린 뒤에는 별 볼 일 읎쥬."

"그건 그랴. 그때는 동네가 워치께나 시끄럽든지."

"그 시절에 사나흘씩 눈이 내리믄 부대 면회 왔다가 오도 가도 못하고 갇혀 버렸제."

"동네 개들이 한꺼번에 울어대서 나는 또 난리가 난 줄 알았다니께. 인민군이 쳐들어왔나 싶어 무서워 혼났구먼."

"젊은 쟁교가 바람이 나서 부인이 자살했다는 소문 말이여. 근디 그 소문이 사실일까."

"경찰이 다 조사 했잖여."

"아니 눈 오는 밤에 혼자 골짜기는 왜 찾아 갔댜."

"그야 모르제. 우째 알간."

늙은 여자들이 과거의 사건을 놓고 떠드는 사이 밥과 국이 들어왔다. 여자는 국그릇에 밥을 말아 정신없이 입에 퍼 넣었다. 국그릇 속에 뼈다귀와 살코기가 건져졌다. 청년들이 꿩과 토끼를 잡아 손질해서 가져왔다고, 추워지면 꿩고기와 토끼고기는 질리도록 먹는다고 누군가 들으라는 듯 떠들었다.

다들 배가 불렀는지 조금 전 이야기에 미진함이 남았는지 누군가 그 이야기를 이어갔다.

"그 사건 이후로는 조용햐. 이십 년이 지난 일인데도 잊을 수가 없구먼."

"쉽게 잊어지남."

"그러게. 난 눈만 오면 지금도 그날 밤 일이 떠올라서 진저리가 쳐지는구먼."

"그 여선생은 워디로 갔댜?"

"살아 있어도 산목숨이 아니제."

여자는 밥을 떠먹다가 탁 걸리는 느낌과 함께 속이 거북했다. 머리가 심하게 아파오며 속이 메슥거렸다. 여자는 수저를 내려놓고 밖으로 나가 토했다. 여자는 밤새 두통에 시달렸다. 가방에서 아스피린 한 알을 꺼내 먹고 잠을 청했으나 미열이 있는지 두통은 계속 심해졌다. 방바닥은 따뜻했고 바람이 유리창을 흔들었다. 여자는 늙은 여자들이 말한 '그 사건'을 선명하게 기억했다.

젊은 장교 박 소령과 음악선생의 이야기는 인근 마을뿐만 아니라 몇 십 리 떨어진 곳에도 소문이 흘러갔다. 박 소령 부인이 어린 아기를 업고 부대 사택을 찾아왔을 시각에 소령은 음악선생과 같이 있었다. 그날 밤 소령 부인은 눈 쌓인 골짜기를 헤매며 울부짖었고 몸은 뻣뻣해져 갔다. 어미와 떨어진 아기는 밤새 울었고 사람들은 잠들지 못했다. 그 부인은 눈 덮인 골짜기에 묻혔다. 다음날 여선생은 소리 소문 없이 사라졌다. 여선생이 사라진 학교는 발칵 뒤집혔고 박 소령도 얼마 후 그 마을을 떠났다.

사흘째 되는 날, 여자는 비틀거리며 일어나 외출 준비를 했다. 눈은 녹지 않았고 앵클부츠가 눈 속에 자꾸 빠져 들어가서 늪지대를 건너는 것 같았다. 한때 군부대의 사격장과 훈련장이 있던 골짜기는 황량했고 바람이 거세게 불었다. 적막이 내려앉은 골짜기에는 인적이 없고 어쩌다 산짐승의 발자국이 찍혀 있을 뿐 마른 잎사귀가 바람에 들썩거리며 굴러다녔다. 여자는 눈 위에 드러누워 하늘을 쳐다보았다. 파란 하늘에 옅은 흰 구름이 흘러가고 산등성이의 나무들이 서로 엉켜 흔들리고 있을 뿐 시간의 흐름에도 그곳만이 정지한 듯 보였다. 가슴속 깊은 동굴에 도사린 어둠은 평생 여자를 괴롭혔다. 여자는 그 골짜기를 잘 알았다. 그곳을 떠난 후 두 번 다시 찾지 않았지만 기억 속에, 마음속에 한시도 잊은 적이 없는 곳이었다. 마음 깊은 곳으로부터 깊은 동굴로부터 도망치고자 했으나 그때마다 멀리 도망치지 못하고 주저앉기를 반복하는 사이 세월이 갔다.

여자는 그곳을 떠나 생면부지의 남자와 맞선을 보고 결혼을 하고 새로운 인생을 열어가고자 했다. 여자의 의도대로 삶이 전개되는 듯했으나 언젠가부터 남편의 마음이 다른 곳에 있음을 알았다. 남편의 마음은 완고했고 돌이킬 수 없었다. 남편의 마음이 온전히 떠난 것을 알고 나서 여자는 그의 마음을 훔쳐간 상대에 대해 묻지 않았다. 남편과 결혼하면서 여자의 가슴속에 묻어 둔, 어두운 기억이 얼핏 스쳐 지나갈 때 이런 날이 오지 않을까, 어쩌면 남편이 떠날 수도 있겠다는 막연한 불안감이 피어올랐던 건 사실이었다.

차가운 바람이 여자의 머리카락을 흐트러뜨리며 회오리를 일으켰다. 여자는 두려움에 벌떡 일어나 앉았다. 어디선가 자신을 쏘아보는 서늘한 눈빛을 감지하고서였다. 주위를 둘러보았으나 햇볕에 반짝이는 눈과 마른 갈대와 덩굴식물의 부스스한 몰골과 황량한 풍경이 적막 속에 잠겨 있었다. 여자는 눈을 감았다. 맹렬하게 쏘아보는 눈빛, 그리고 아기의 울음이 그녀를 포위하듯 덮쳤다.

여자는 아랫입술을 깨물었다. 가슴 저 깊은 곳으로부터 분노가 치밀어 올랐다. 한때 여자는 박 소령 부인을 위해 빌었다. 번잡한 세상사 잊고 부디 안식을 얻으라고 간절한 염원을 바친 적도 있었다. 그가 말을 안했다 하더라도 막연히, 어떤 예감이 먼저 왔다. 언뜻언뜻 끼어드는 어둡고 불안정한 그의 표정 뒤로 비밀이 조심스럽게 고개를 쳐드는 것 같았다. 죽음으로 복수를 완성했다고 할 수 있을까. 어쩌면 그의 부인은 자신의 원의를 이루었을 수도 있었다. 그도 여자도 벼랑 끝을 향해 달려갔으니까. 여자는 소리죽여 흐느꼈다. 여자의 울음이 바람 소리에 묻혀 골짜기에 흩어졌다.

"나는 충분히 고통받았어."

여자의 목소리에 울음이 가득 들어찼다. 이십 년이었다. 이십 년 동안 여자는 그 눈동자에 포위당한 채 살아왔다. 마음 깊은 곳으로부터 지우고자 노력하다가도 문득문득 삶의 시련이 다가올 때 여자는 묵묵히 인내했다. 그러면서도 여자는 자신을 짓누르는 과거의 기억으로부터 자유로울 수가 없었다. 한동안 꿈속에서 아기 울음소리가 들렸다. 꿈에서 깨어난 후에도 환청처럼 아기 울음소리가 들렸다. 여자는 자연 유산이 거듭될 때마다 조용한 시골마을의 밤을 흔들던 그 울음소리에 시달렸다.

여자는 그날의 일을 천천히 떠올리기 시작했다. 토요일 퇴근하기가 무섭게 간부 숙소로 달려갔다. 일찍 시내로 나가 저녁을 먹고 영화를 보기로 한 날이었다. 하지만 눈이 내리고 있었고 언제 그칠지 모르게 함박눈이 쏟아져서 외출은 포기하기로 한 터였다. 그는 여자를 침대로 이끌었고 그들은 참았던 열정을 서로에게 쏟아부었다. 서로에게 깊이 탐닉하던 그들은 부르는 소리도 문이 열리는 소리도 듣지 못했다. 그 시간에 사택에 올 사람은 아무도 없었다. 젊음은 마음보다 몸이 앞섰다. 열망으로 들떠 있던 여자는 어느 순간 자신을 노려보는 눈과 시선이 마주쳤다. 그 순간 놀라 호흡이 멎는 듯했고 여자의 몸은 뻣뻣하게 굳어버렸다. 분노한 부인의 눈에서 여자는 차가우면서도 슬픈 감정을 읽었다. 아주 짧은 순간 여자는 부인의 감정이 전이되어 오는 느낌에 몸을 움츠렸다. 몇 초간이었는지 몇 분간이었는지 모르는 시간이 흘렀다. 부인이 업었던 아기를 거실에 내려놓고 비칠비칠 마당을 나가 어딘가로 사라졌다. 아기 울음소리를 듣고서야 그는 사태를 파악했고 그가 부인의 흔적을 좇아 달려 나갈 때 여자는 옷을 제대로 추슬러 입지도 못하고 서둘러 사택을 나왔다. 해는 먹빛 구름 뒤로 숨어 버렸고 겨울의 저녁은 빨리 왔다. 금방 어둠이 몰려왔고 눈은 그칠 줄 모르고 내리퍼부었다.

과거의 흔적을 더듬으며 여자는 머리를 감싸쥐었다. 두통이 시작되고 있었다. 어디선가 짐승의 울부짖는 소리가 들려왔다. 여자는 정신을 차리고 일어나 소리가 나는 쪽으로 고개를 돌렸다. 오십여 미터 거리에 새끼 고라니가 눈 속에 갇혀 울부짖고 있었다. 여자는 눈밭을 헤치며 새끼 고라니에게 다가갔다. 고라니는 겁먹은 눈동자를 굴리며 공포스럽게 울었다.

"아가, 내가 구해 줄게."

여자는 다정한 목소리로 말을 걸었다. 여자와 새끼 고라니의 눈동자가 마주쳤다. 까맣고 동그란 고라니의 눈동자에 두려움이 가득했다. 괜찮아, 괜찮아. 여자는 계속 그 말을 중얼거렸다. 여자가 새끼 고라니를 안아 올리자 발버둥을 치며 소리 내어 울부짖었다. 여자는 고라니를 안고 눈 속에서 나와 밭 자락 빈 옥수수 줄기가 쌓인 곳에 내려주었다. 산속으로 뛰어가는 고라니 새끼를 바라보는 여자의 몸이 추위로 뻣뻣해졌다. 고라니 발자국 소리가 사라지고 다시 바람 소리가 골짜기를 가득 채웠다. 숲속 어디선가 짐승의 울부짖음이 들려왔다. 여자는 자신의 마음속 깊은 골짜기에서 울려나오는 소리처럼 여겨졌다. 황량한 산속에서 움직이지 않고 그대로 새벽을 맞고 싶었다. 오래전에 꺼져버린 가슴속 불씨를 피워보려 애쓴 나날들도 막막함으로 채워졌다. 고통스러운 과거의 동굴에서 나와 햇볕 밝은 곳에서 남들처럼 살고 싶은 욕망에 집착하던 일들도 있었다. 그 일 이후 그를 본 적이 없었다. 어쩌면 그의 소식을 기다렸는지도 모른다. 여자는 결혼을 앞두고 마지막으로 그의 소식을 듣고 싶었다. 막역하게 지내던 동료 여교사는 그가 마을을 떴다고, 아무도 그의 행적을 모른다고 했다. 여자는 한 시절 가슴속에 등불을 켜고 살았다. 그를 향한 욕망, 집착, 사랑, 애착의 다른 이름이라고 해도 좋았다. 그를 생각하면 어둠 속에서 잔잔한 불꽃이 피어올랐다. 소문 따위 두렵지 않았다. 그와 보낸 시간들이 무위로 끝났을 지라도 결코 헛된 일이 아니라고 믿고 싶었다. 그런데 이십 년 전 그와 거닐던 숲길, 하천변, 사격장과 훈련장이 황량한 풍경으로 여자를 밀어내고 있었다.

여자는 진한 에스프레소가 먹고 싶었다. 후들거리는 걸음걸이로 통나무 카페를 찾았을 때 남자는 그제와 똑같은 복장으로 목장갑을 낀 채 난로에 장작을 넣고 있었다.

"커피 한 잔 마실 수 있나요. 진한 에스프레소로."

여자가 오들오들 떨며 입구에 서서 말하자 남자가 들어오라는 손짓을 했다. 남자가 의자를 난로 주위에 갖다주자 여자는 털썩 주저앉았다. 옷자락에서 물이 뚝뚝 떨어졌다. 겉옷을 벗어 의자 팔걸이에 걸어 놓고 여자는 난로 앞으로 바짝 다가앉았다.

"몸을 혹사하기로 했나요. 동태 만들기가 취미신가."

남자는 여자를 보지도 않고 장작 아궁이를 들여다보며 중얼거리더니 주전자에서 둥글레차를 컵에 따라 주고는 구석자리에 놓인 자루에서 옥수수 알갱이를 한 바가지 담아 밖으로 나갔다. 다시 안으로 들어와서는 물을 플라스틱 볼에 담아 밖으로 나갔다.

여자는 허기가 졌다. 아침부터 아무것도 먹은 게 없었다. 사흘 동안 하루에 한 끼도 제대로 챙겨먹지 못해 어지러웠다. 따뜻한 난로 앞에 앉았던 여자는 눈이 감기며 잠이 쏟아졌다. 시간이 지나 눈을 떴을 때 여자는 웅크린 채 담요를 덮고 있었다.

"라면 좀 드실래요?"

여자의 기척을 느낀 남자가 빈 그릇을 가져왔다. 여자는 탁자 위에 놓인 김치에 눈이 갔다. 접시에 담아낸 포기김치를 앞에 놓고 남자는 두 손으로 찢어서 요란스럽게 먹고 있었다. 여자는 남자 옆으로 다가가 김치에 손을 뻗었다.

"잘라 줄게요."

남자가 가위를 가져와 김치 꼭지를 단숨에 잘라 놓으며 그릇을 밀어놓아 주었다. 여자는 마음과는 다르게 식욕이 왕성해지고 입맛이 돌아오는 자신이 슬펐다. 남자가 담아준 라면을 먹고 김치를 먹으며 조금 전 눈밭에서의 일들이 아득해졌다. 자신의 복잡한 심경과는 아랑곳없이 식욕이 앞질러 자신을 지배한다는 사실이 못내 혐오스러웠다. 남자와 똑같이 생에 대한 애착이 강하게 표출되는 자신의 모습을 용서할 수 없었다.

"식사를 못하셨나 봐요."

"네, 식당도 없고, 재료도 없고."

"그럼 계속 굶었어요?"

"……."

남자가 놀랐다는 표정으로 눈을 동그랗게 떴다. 여자는 그게 뭐 어때서요, 하는 표정으로 남자를 쳐다보았다. 밖은 어두웠다. 여자는 어두운 창밖을 내다보며 순백의 골짜기와 차가운 대기, 산등성이에 흔들리는 겨울나무들의 정렬에서 잃어버린, 태초의 바람 소리와 고요를 느꼈다. 그것은 안정감과 함께 오래 떠돌아다닌 시간에 대한 아픈 추억이었다. 여자는 바람 부는 소리에, 커피 향내 짙게 퍼지는 실내에서 고요한 숲이 자신 안에 머무는 것을 알았다. 딱딱한 의자에 기대어 여자는 낮의 눈 덮인 무덤과 고라니 새끼와 세차게 부는 바람의 심장을 자신 안에 새겼다.

커피는 썼다. 쓴 커피를 한 모금 마시며 여자는 겨울 골짜기에서 불어오는 침묵의 소리를 들었다. 알 수 없는 것들의 소리와, 장작 난로의 열기, 커피 향이 뒤섞여 뒤죽박죽인 시간이 불안정하게 흘러가고 있었다.

"눈이 또 오려나 봐요."

남자가 밖에 나가 장작을 날라 오며 콧물을 닦았다. 창밖으로 희끗희끗 눈발이 조금씩 날리는 게 보였다. 남자가 맑은 커피를 내려 여자에게 주고 자신도 마셨다. 캐럴 음악이 잔잔하게 실내에 깔렸다.

"눈의 왕국이에요, 여긴."

"옛날에도 눈이 많아 설국이었어요."

"이 마을에 대해 아시네요."

남자는 여자를 쳐다보며 군인들이 눈 치우기 싫어했다고,

총대 잡고 훈련받는 일보다 삽 들고 눈 치운 기억밖에 없다고 했다며 지나가는 소리로 말했다.

남자가 다시 언 장작을 난로 안에 집어넣으면서 매캐한 연기가 실내에 가득 찼다. 여자가 기침을 하자 남자가 유리창을 열었다. 새 한 마리가 창틀에 앉아 꼬리를 까닥거리다가 날아가 버렸다. 차가운 바람이 실내에 들어차자 공기가 서늘해졌다. 남자가 창문을 닫고는 의자를 끌어다가 여자의 맞은편에 바짝 다가앉았다.

"누굴 찾아온 거요?"

"어떤 여자를 찾아왔어요."

"어떤 여자가 누구죠."

"이십 년 전, 음악을 사랑하던 여자예요."

"이 마을에 살던 여잡니까."

"그랬었죠."

"찾았나요."

"아직."

"그녀를 찾을 때까지 머물 작정이군요."

"어쩌면요."

"음악을 사랑했던 여자 이야기 좀 들려줘요."

"공짜는 안 되고, 비싼데."

"군고구마 구워줄게요."

여자와 카페 남자가 서로 쳐다보며 웃었다. 남자가 호일에 생고구마를 싸서 난로 위에 얹어 놓고 와인병을 땄다. 눈 내리는 밤에는 그냥 잠들면 사람이 아니에요, 짐승이지, 그러고는 유리잔에 와인을 부어 여자에게 내밀었다.

"음악을 사랑했던 여자 만나면 뭐할 건데요."

"용서해 주려고요."

"미워했군요……. 미움도 사랑의 한 가지 방식이에요. 인간의 일에 용서 못할 일이 뭐가 있겠어요."

"그녀가 사랑한 남자가 그 골짜기에 살았어요. 장교 숙소에. 남자는 그녀를 설아라고 불렀어요. 만날 때마다 눈(雪)을 몰고 온다고요. 그들은 많은 것들을 함께 했어요. 장교 숙소에는 피아노가 한 대 있었어요. 설아는 피아노를 연주하고 남자는 노래를 불렀죠. 눈 오는 밤, 설아는 그를 위해 베토벤의 월광을 연주하곤 했어요. 그러다가 그 남자의 부인에게 들켰죠. 유부남인 줄 몰랐지만 나중에는 알았어도 돌이킬 수 없었어요. 부인은 아기를 팽개치고 깊은 골짜기로 걸어 들어갔어요. 캄캄한 밤이었죠. 사병들을 모두 풀어 산속을 뒤졌지만 부인을 찾을 수 없었어요. 이튿날 눈사람이 된 부인을 찾아냈지요."

"……."

남자는 묵묵히 이야기를 듣더니 말없이 군고구마를 뒤집었다. 여자는 비칠거리며 일어나 구석자리에 놓인 피아노 뚜껑을 열고 건반을 눌렀다. 베토벤의 월광이 조용히 실내에 울려 퍼졌다. 밖에서는 함박눈이 쏟아졌다. 월광을 끝냈을 때 카페 남자가 군고구마를 쟁반에 담아 껍질을 벗겨냈다. 여자의 눈에 한줄기 눈물이 흘러내렸다.

"와인 한 잔 더 할래요?"

카페 남자가 와인을 유리잔에 가득 부었다. 두 사람은 말없이 창밖을 내다보며 와인을 마셨다. 겨울이 두 계절을 차지하는 땅에 봄은 오기나 할까. 눈의 무게를 견디지 못하고 나뭇가지가 부러지는 소리가 났다. 밤이 깊어지면 나뭇가지 꺾이는 소리가 골짜기 곳곳에서 들려왔다.

"사람은 누구나 제 운명을 짊어지고 가는 존재예요. 누구나 속을 들여다보면 상처 하나씩은 감추고 있고요. 누구의 잘잘못을 떠나 그럴 수밖에 없었던 거죠. 죄의식에 매이지 말아요. 인간은 결국 혼자예요. 내 꼬락서니를 보면 과거에 어떻게 살아왔는지 보이잖아요. 나는 사랑을 믿지 않았어요. 욕망에 솔직했고, 욕망을 좇아 살았고, 정신 차리고 보니 내 곁에 아무도 없더군요."

"이젠 상관없어요."

여자는 일어서며 남자의 얼굴에 숨겨진 주름살의 물결을 보았다. 남자가 갑자기 늙어 보였고 어쩌면 원래부터 늙은 사람이 아니었을까, 순간적으로 그런 의문이 들었다. 여자는 인사를 하고 문을 열고 나왔다. 눈이 내리는 밤은 고요했고 대지는 고독 속에 잠겨 있었다. 하천변을 따라 숙소로 돌아오며 여자는 장교 숙소와 사택들, 건물 주위에 포진해 있던 전나무들, 그리고 떡갈나무 따위를 생각했다. 여자는 발걸음을 멈추고 오래전에 사격장과 훈련장이 있던 골짜기 쪽을 쳐다보았다. 먹빛 어둠이 가득 들어찬 그 곳은 한때 여자의 사랑과 청춘이 머물던 곳이었고 상처와 고통이 숙성되던 장소였다. 한평생 여자를 괴롭혔던 악몽이 다시 살아나는 듯 두통이 왔다. 남은 것은 아무것도 없었다.

밤공기에 나무 타는 냄새가 떠다녔다. 푸른 연기가 허공을 채우며 코끝을 자극했다. 마을 회관 마당에 불빛이 환했다. 장작불이 타오르고 있었다. 사람들의 소리, 웃음소리가 끊이지 않았다. 돼지기름이 타며 고소한 향내가 났다. 마당에는 몇몇 청년이 분주하게 오가고 방안에는 노인들이 막걸리를 마시며 고기 잔치를 하고 있었다. 여자가 고개를 숙이고 외벽 계단으로 오르려는데 이장이 불렀다. 여자는 사양하다가 이장이 계속 오라고 하는 바람에 그들 무리에 합류했다. 구석자리에 주저앉은 여자에게 이장이 구워진 고기 살점 하나를 건넸고 청년 한 명이 막걸리를 한 컵 따라 주었다. 얼굴이 붉게 달아오른 청년들이 멧돼지와 고라니를 잡은 무용담을 늘어

놓고 있었다. 구석 귀퉁이 양은솥에서는 국물이 끓었다. 주름살이 나이테처럼 앉은 할머니가 여자를 힐끔거리며 어디에서 왔느냐고 물었고 여자가 우물우물 하는 사이 새끼 고라니 울음소리가 밤공기를 갈랐다.

"저눔의 고라니 새끼 땜에 간 떨어질 뻔했네 그랴."

"저 소리 들으니께 끔찍허네. 옛날 생각이 나서."

"에미 잃은 새끼처럼 시끄럽네 그랴. 밤새 두루 울던 군인 쟁교 언내가 생각나는구먼."

"충주댁이 그랬남. 그 장교가 중이 돼갖고 남쪽 외딴 섬 암자에 있더라고."

"그랴. 조카며느리가 봤다는구먼. 고흥에서 하루에 한 번 댕겨가는 배를 타고 섬에 들어가는 스님을 보고 워디 계시냐니께 바람섬 망허사에 있다 하더라는구먼."

"그 언내는 워치게 됐대유."

"유학 가서 미국에 눌러 앉았나벼."

"부대가 옮겨 가고 훈련장이 없어지고 나니께 조용하긴 한데 그짝 골짝에는 우째 으시시해서 산나물 뜯으러 가기가 쐐하다니께."

여자는 고개를 숙인 채 노인들이 주고받는 말을 가만히 듣고 있었다. 그들은 이야기에 취해 여자의 존재는 아랑곳하지 않고 과거의 어느 시기를 끝도 없이 헤집을 기세였다.

노인들이 돌아간 뒤에도 청년들은 자정이 넘도록 흥겨운 시간을 보냈다. 여자는 잠들 수가 없어 발코니에서 맨발로 눈을 밟았다. 깊은 새벽, 여자가 막 잠이 들려고 하는데 새끼 고라니 울음소리가 들려왔다. 그 소리는 숲에서 나는 소리였다. 개울을 건너 바람을 타고 끊어졌다 이어지며 한동안 들려왔다. 여자는 혼곤한 꿈속에서 골짜기 눈밭을 맨발로 걷고 있었다. 야트막한 무덤을 만나고 고라니 새끼를 만나고 썩은 나무 둥치와 부러진 나뭇가지들을 헤치며 산등성이를 향해 가고 있었다. 사람의 그림자가 보인 듯했다. 여자는 직감으로 알았다. 그를 쫓아 부지런히 걸었으나 따라잡을 수가 없었다. 여자는 그의 이름을 부르다가 잠에서 깨어났다. 등허리에 땀이 흥건했다. 발코니 창밖으로 푸른 하늘이 열려 있었다. 날이 개었고 하늘이 맑았다.

마을 밖에서 생필품을 가득 싣고 트럭이 들어왔다. 여자는 시내버스를 타고 터미널로 향했다. 군산, 고흥, 통영……. 남쪽으로 가는 버스는 시간당 한 대씩 있었다. 여자는 캔커피를 사들고 남쪽으로 가는 표를 끊었다. 눈이 오려는 지 하늘에 조금씩 먹구름이 덮이고 있었다.

비밀의 방

비밀의 방

마당에 수북한 풀더미를 보고 나는 순간 발을 멈췄다. 양철 지붕의 이음새에서 돋아난 풀이 아무렇게나 흔들리는 정경은 지붕이 원래 붉은색이었는지 녹이 슬어 붉게 된 것인지 알지 못할 정도로 퇴락해 보였다.

"글쎄 뭐 여름 한철 잠깐 머무르곤 했으니까 거의 비워뒀다는 게 맞겠지."

친구의 시큰둥한 대답에도 나는 단지 혼자만의 공간, 나만의 방을 잠깐이라도 가질 수 있다는 사실에 심각하게 고민하지 않았다. 나무 대문은 틀어져 비스듬하게 기울어졌고 아귀가 맞지 않아 작은 바람에도 비명소리를 냈다. 미안해하는 친구의 말을 나는 나름으로 겸손이라고 해석하고는 되레 내 쪽에서 괜찮다고 고맙다고 했는데 고맙다는 말을 굳이 하지 않아도 될 걸 과했다는 생각이 든다. 나는 마음속으로 '고맙다'를 삭제했다.

"심심하면 풀이라도 뽑아."

친구의 말에 나는 정말이지 하루 종일 책상 앞에만 앉아 있을 거라고는 상상하지 않았다. 방치해 둔 친구의 시골 농가 얘기를 들었을 때 나는 그곳이 어떠한 곳이든 하늘을 가릴 수만 있다면 무조건 감사해하며 받아들일 태세였다. 막상 현장에 도착해서 실체를 본 순간 나의 무모함과 경솔함을 통탄했다.

후회는 내 전공이 아니었다. 배낭을 마루에 던져 놓고 빗자루를 찾아 방을 쓸었다. 거미줄이 빗자루에 들러붙어 손으로 몇 번이나 떼어내면서 방 두 개와 거실, 마루를 쓸고 허리를 펴는데 이마와 등허리에 땀이 흥건했다. 마당의 잡초는 오래전에 자리를 잡아 뿌리가 질겼다. 손으로 잡아당겨 풀줄기를 뽑아내다가 나는 그것이 만만치 않은 상대임을 알고 한숨을 내쉬었다. 하루 이틀 상대해서 항복할 대상이 아님을 내 몸은 본능으로 알았는지 기력이 급격하게 떨어졌다. 삼보 전진을 위한 일보 후퇴. 그것도 아니라면 화해와 공존을 모색할 수도 있었다.

내 끈기와 인내는 사흘 만에 두 손을 들었다. 멀리 갈 필요도 없었다. 상대와의 대결에서 불리한 조짐을 빨리 감지하는 능력을 천부적으로 타고난 나는 더 이상 미련 둘 필요도 없이 전략적 제휴를 감행했다. 비굴과 정의 사이에서 곡예를 할 필요도 없이 평화를 위한 대타협으로 들어갔다. 승리의 기선을 잡은 잡초는 승승장구 마당을 뒤덮고 울타리를 덮고 종내에는 지붕마저 덮을 기세였다. 그럼에도 불구하고 나는 더는 그런 것들로 기력을 소진하고 싶지 않았다. 그것이 내 문제이긴 하나 그렇더라도 포기하며 소심한 안일을 선택한 삶에 만족하는 편이었다.

내 소심한 안일은 엉뚱한 방면으로 영역이 확대되었는데 처음부터 그것을 예상하지 못한 것은 내 불찰이 아니었다. 다만 운이 나빴을 뿐.

꿩의 겁먹은 눈동자와 마주친 건 일주일이 지난 오후 무렵이다. 폭풍우가 몰려온다는 일기예보가 있었고 빨랫줄에 널어놓은 이불을 걷으러 마당에 나갔다가 둥지를 지키고 앉아 있는 어미꿩을 본 것이다. 어미꿩이 놀라 목을 길게 빼고 눈알을 불안하게 움직이는 순간 나도 발걸음을 멈추고 서 버렸다. 그 사이 키가 자란 일년생 풀줄기가 다년생 식물 흉내를 내느라 몸매가 굵고 단단해져 있었다. 나무 묘목이라고 착각할 뻔했다.

두려움에 가득 찬 어미꿩의 눈빛은 긴장으로 터질 듯했다. 며칠 동안 잠을 이루지 못한 내 눈빛은 붉게 충혈 되어 있었고 바람이 풀잎을 스치는 소리에도 촉각을 곤두세울 정도로 예민해졌다. 첫날, 혼자가 되었다는, 온전한 나만의 방이 생겼다는, 온갖 도시 문명과 불빛과 소음으로부터 완벽히 차단

되었다는 자유로움, 그 감격의 물결이 내 몸을 적실 때 나는 오래오래 이 순간을 음미하고 느끼고 간직하리라 다짐했다. 그러므로 집 안팎의 소소한 자연물과의 불협화음이나 생활의 불편쯤은 얼마든지 감내할 자신이 있었고 처음의 결심은 아직 유효했다. 내 안에는 첫날의 그 감격과 기쁨이 출렁거리며 나를 끊임없이 각성시켰으며 어제의 시간은 무의미한 과거일 뿐이었다.

"응, 쌀도 있고 된장 고추장도 있어."

"오케이, 그것이면 돼."

친구의 말에 나는 더 이상 욕심 부릴 게 없었다. 막 돋아나기 시작한 연둣빛 잎사귀들, 조상들이 어려운 시기를 겪으며 뜯어먹은 풀잎들이 주변에 널려 있었다. 우리가 먹는 봄나물 대부분이 봄풀이라고 어떤 식물 연구자가 말한 적도 있었다. 이른 봄, 겨울 추위를 이겨낸 모든 산야초는 식용이며 간혹 독풀이 있을 수 있으나 그것조차도 봄의 기운에 유연해져서 생명들에게 유익하게 작용한다고 했던가.

나는 친구의 말을 신뢰하면서도 혹시나 싶어서 쌀을 비닐에 조금 담았고 라면 한 세트와 햄과, 초고추장을 넣었다. 부엌 싱크대 밑 서랍장에는 쌀이 있었다. 오래 묵은 쌀은 윤기도 수분도 없었다. 한 주먹 씻는데 쌀겨에서 잿빛 물이 흘러나왔다. 쌀을 씻어 물에 담가 놓고 주위를 둘러보았다. 부추가 푸들푸들 살아나 윤기를 뿜어내고 머위가 대궁을 밀어 올리며 잎사귀를 우산처럼 펼치고 있어서 조금씩 뜯어왔다.

아침은 굶고 점심 한 끼를 먹고 저녁은 당근이나 초콜릿 같은 간식으로 때웠다. 나는 내가 할 일이 무엇인지 잊어버린 사람처럼 하루 이틀 사흘 나흘을 보냈다. 아무것도 안하고 빈둥거리며 주변을 산책하거나 마루에 드러눕거나 방바닥에 누워 두 팔을 깍지 끼고 하늘을 쳐다보았다. 빈둥거리는 게 내 할 일이기라도 한 듯이. 아무것도 안 해도 배는 고팠다. 새들이 집안을 기웃거렸다. 참새 한 마리와 까치가 교대로 오전과 오후를 마당에서 놀다가 갔다.

스마트폰은 자주 끊겼다. 집에서 팔백여 미터 거리의 언덕에서는 소통이 되었다. 어쩌면 나는 불통을 원했는지 모른다. 전화가 연결되었다가 여보세요, 하고 상대방 목소리가 들렸다 먹통이 되면 이상하게 안심이 되었다. 당분간은 아무하고도 연락하고 싶지 않았다. 풀을 뽑는 일만으로도 하루가 벅찼고 한 달 내내 그 일만으로도 시간이 부족할 것 같았다.

유리창은 힘을 주어야만 겨우 열렸다. 벽과 벽 사이에 눌려 열리지 않는 창문을 붙잡고 씨름하는데 진흙 벽에서 흙부스러기가 떨어져 내렸다. 매번 창문을 열고 닫을 때마다 떨어져 내리는 흙부스러기에 집이 무너지지 않을까 하는 불안감이 엄습해 왔다. 유리창 밖으로 기다란 나무들이 쭉쭉 뻗어 올라간 숲속에 이방인처럼 놓인 나는 초대받지 않은 손님 같았다.

누룽지를 끓여 먹고 유리창 앞에 앉아 숲을 바라본다. 새가 잎사귀를 쪼아 먹거나 청설모가 나무를 타는 광경도 지루하지 않은 일과가 되었다. 연노랑과 초록이 섞인 빛깔의 숲은 새들의 지저귐으로 하루를 보낸다. 나는 정말이지 해야 할 일을 잊고 하염없이 창밖을 내다보고 있다. 나를 지배하던 지난 시간들이 아무런 상처도 입지 않은 처녀림으로 펼쳐지는 이 순간을 은연중 즐기는 자신을 발견하는 것도 나쁘지 않았다. 기억의 잔상이 가물가물 멀어지며 희석되는 나날들이 이어진다.

꼬박 반나절을 창문 앞에 앉아 숲과 대좌하고 났더니 머리가 어질어질하다. 하얗게 뇌가 비워진 느낌이다. 나는 지금부터 무엇을 해야 하나. 뭘 해야 할지 잊어버린 채 마루에 앉아 잡초에 가려진 어미꿩의 둥지에 시선을 못 박는다. 어미꿩은 꼼짝하지 않았다. 조심스럽게 발자국 소리를 죽이며 다가가면 어미꿩은 대가리를 쳐들고 불안한 눈알을 굴리면서도 결코 그 자리를 떠나지 않았다.

첫날부터 쭈욱 혼자가 되었다는 것, 나만의 공간을 가졌다는 것, 방해받지 않는 자유 앞에 나는 태어나 처음으로 빈둥거림의 기쁨을 누렸다. 빈둥거릴 자유마저 없던 날들은 돌아보기도 싫었다. 쥐가 터를 잡은 천장이나 새들이 터를 잡은 마당의 잡초 둥지나 자잘한 어린 묘목을 키워내는 숲 한 귀퉁이에 나는 다리를 뻗고 늘어지게 늦잠을 자며 며칠을 보냈더니 온 몸이 나른하다. 긴장이 풀린 몸과 마음이 이제는 퇴락한 집처럼 서서히 무너지려 하고 있다.

일주일이 지나자 비로소 불편한 것들이 현실로 다가온다. 치킨과 맥주, 피자와 아이스크림 같은 고단백 열량이 당긴다. 늘 손쉽게 구매하던 것들이라 아쉬운 줄 모르고 살았는데 구할 수 없는 환경이라서 더 집요하게 집착이 생긴다. 치킨과 맥주를 한 번 떠올리자 머릿속에서 지워지지 않는다. 이곳을 벗어나 내가 치킨을 먹는다면 먼저 묵념이라도 하고 명복을 빌어준 후에 먹어야겠다는 생각이 든다. 맹세코 진심이다.

"작업실 하면 좋겠다."

정애는 기둥만 서 있는 건물을 보고 작업실을 하고 싶다는 말을 입버릇처럼 달고 살았다. 정애는 문창과 동기로 오랜 시간 소설 습작을 같이 했다. 단편을 써서 서로 읽어주고 평해주며 습작기를 보내다가 비슷한 시기에 그녀는 신춘문예로 나는 잡지로 등단을 했다. 신춘문예로 등단한 정애는 얼마 후 결혼했고 줄줄이 아이를 낳아 기르며 가정에 파묻혔다. 아이 한 명을 유치원 보낼 때까지 기르려면 오 년의 시간이 필요하다. 아이 셋을 낳은 정애는 적어도 십 년 이상 육아에 매여 있어야 한다는 결론에 이른다. 전화를 해도 통화를 오래 할 수 없었다. 첫째 아이를 유치원에 보내고 둘째를 데리고 정애가 나를 찾아온 건 봄이 지나가는 오월 중순이었다. 곡우가 지난 산야는 푸르름으로 넘쳐나 세상이 연초록으로 점령당한 듯했으나 어쩐 일인지 정애의 표정은 만사가 귀찮은 듯 지쳐 있었다. 그날 정애를 내 경차에 태우고 교외로 드라이브를 나갔다.

커다란 호숫가는 의왕의 시골 마을이었다. 아직 개발이 되지 않아 시골의 정취를 그대로 간직한 마을 언덕 위에 있는 커피숍에서 커피를 마시고 차를 세워둔 채 우리는 산봉우리로 향해 난 오솔길을 걸었다. 정애의 둘째 아이는 잠이 들어 뒷좌석에 눕혀 놓고 차창을 조금 열어두었다. 그때 다 쓰러져 가는 흙집을 발견한 정애가 한참을 그 자리에 서서 움직이지 않았다. 함석지붕에 문짝이 떨어져 나간 흙집은 벽 일부가 무너져 내려 허술하기 그지없었다.

"여기에서 혼자 한 달, 아니 단 하루만이라도 있다 갔음 좋겠다."

농막을 바라보며 정애가 중얼거렸다. 아직 독신인 나로서는 정애의 절박함을 이해하지 못했다. 손 탁 놓고 하루를 내면 되지, 그게 왜 어렵지, 라고만 생각했다. 정애는 무너진 흙집 앞에 주저앉아 한동안 넋이 나간 듯 어딘가를 보고 있었다.

"나는 할 줄 아는 게 아무것도 없나 봐."

"소설 쓰면 되잖아. 소설 아무나 쓰니?"

내 말에 정애가 가만히 나를 바라보는데 그 눈에 물기가 어렸다. 무슨 말인가를 더 하려다가 정애는 입을 굳게 다물었다.

"과연 내가 소질이 있을까."

정애는 한숨을 쉬며 풀잎을 맨손으로 쥐어뜯었고 손가락과 손바닥이 파래지도록 계속 풀을 잡아 뜯고 있었다. 정애의 독백에 나는 가슴이 무거워졌다. 나 역시 정애가 고민하는 부분을 늘 고민하던 터였다. 한 권의 소설집과 두 권의 장편소설을 썼지만 무엇이 달라졌을까. 제대로 인세를 받지 못해 소설 쓰는 틈틈이 대입논술 과외를 하거나 선배가 운영하는 학원 강사로 일주일에 두 번인가 나가서 특별지도 형식으로 독서 논술 지도를 하며 연명하고 있었다. 나는 솔직히 남편 그늘에서 남편이 벌어다주는 돈으로 밥벌이 걱정 안하는 여류들을 부러워하면서도 선뜻 결혼을 선택하지 못했다.

"나는 산업디자인을 했으면 내 적성에 맞았을 거 같아."

정애는 한숨을 다시 폭 내쉬며 중얼거렸는데 그녀의 목소리가 워낙 작아서 산업디자인이라고 했는지 실내장식이라고 했는지 알아들을 수가 없었다.

"나는 식탁이 내 책상이 된 지 오래됐어. 새벽에 부엌 식탁에 앉아 문장을 만들어 나가다 깜박 잠이 들었다가 깨어나면 아침이야. 밤사이 끼적거린 내 글이 아침이면 사는 데 지친 넋두리 문장이라는 것을 알게 돼. 미처 발효되고 익기도 전의 생짜 날것인 문장이 훤히 보이면 나는 절망스러워."

"나한테 보내줘. 내가 봐줄게."

"내 눈에 보이는데 니 눈에는 안 보이겠니."

정애의 긴 한숨 소리를 들으며 나는 또 막막해졌다.

"가만있어 봐. 아기 울음소리 들리지?"

"아니, 못 들었는데."

"아냐, 우리 애 우는 소리야."

정애가 벌떡 일어나더니 커피숍 주차장을 향해 달리기 시작했다. 아이 울음소리가 안 들렸는데 왜 저러지, 나는 정애 뒤를 빠른 걸음으로 따라갔다. 아이를 안고 달래는 정애를 보고 나는 아이 엄마는 아무나 하는 게 아니라는 것을 알았다. 분명히 내 귀에는 아무 소리도 안 들렸는데 아이의 울음을 청각이 아닌 심상으로 포착해낸 게 아닌가 그런 의문이 들었다.

치열하게 단편소설 습작을 하던 시기의 정애와 나는 오직 그 길이 가야 할 길이고 적성에 맞다고 생각했다. 앞뒤 돌아보지 않고 쓰고 고치고 쓰고 고치고 매번 연말에 신문에 투고하는 일의 되풀이를 몇 년간 하며 우리는 동지애 비슷한 감정과 서로에 대한 연민의 정을 느꼈다.

내가 연애에 실패하고 정애가 셋째를 낳으면서 우리의 관계는 멀어졌다. 전화번호가 바뀌면서 서로 애타게 찾거나 신경 쓰지 않았고 그러다보니 시간이 갔다. 정애 소식을 들은 건 동창에게서였다. 교통사고를 당해 병원에 누워 있는 정애 옆에서 그녀의 남편이 조용히 울고 있었다. 나는 선뜻 다가서지 못하고 울고 있는 정애 남편의 등을 오래 바라보았다. 조용한 울음이었지만 내 눈에는 가슴을 치며 울부짖는 듯한 느낌으로 다가왔다.

정애는 아주 편안한 얼굴이었다. 정애의 손을 잡고 한참 들여다보며 나는 나사가 한 개 빠진 듯 허둥대던 정애를 떠올렸다. 욕망도 삶의 애착도 글을 쓰고 싶어 하던 작가로서의 꿈도 사라진 정애의 담담한 표정은 숨가쁘게 종종걸음을 치던 지난 시간과 겹쳐지며 가슴이 먹먹해졌다.

"이제 너만의 시간을 가질 수 있게 되었지. 마음놓고 상상의 나래를 펴 봐. 막힘없이 주저하지 말고 니가 쓰고 싶은 글 실컷 써 봐. 방해할 사람 아무도 없잖아. 정애야, 이제 자유로워졌잖아. 왜 말 못하니. 왜 가만히 있는 거야."

나는 철제 침대 옆에 엎드려 속삭였다. 링거 줄이 간간이 흔들렸다. 그때 정애의 두 볼에 흐르는 눈물을 나는 보았다. 간호사실로 뛰어가 상황을 설명했고 담당 간호사가 종종걸음으로 달려왔다. 간호사는 내 얼굴을 빤히 쳐다보더니 아무렇지 않잖아요, 하는 표정을 짓더니 다시 사라졌다. 나는 정애의 얼굴을 살펴보았으나 조금 전 눈물을 흘리던 얼굴이 아니었다. 혹시 정애가 자기 손으로 눈물을 닦고 시치미를 떼는 게 아닌가 싶어 그녀의 귀에 대고 속삭였다.

"너, 괜히 그러는 거지."

정애는 초점 없는 눈으로 허공을 바라보고 있었고 나는 그녀의 손을 가만히 쥐었다 놓았다. 몸을 움직이지 못하고 누워서 인생의 나머지를 보낸다는 건 생각만으로도 끔찍했다. 차라리 온갖 궂은일 마른일 치다꺼리 하면서 살아 움직이는 게 축복이 아닐까. 그 후 허름한 집을 보면 정애가 생각났고 정애를 그 집에 들여보내는 상상을 했고 기뻐하는 그녀의 모습을 그려보는 게 습관이 되었다.

박새가 뒤뜰 묵밭에 내려앉아 꼬리를 까닥거리며 먹이를 찾고 까치가 요란하게 짖어대며 나뭇가지 사이에서 노는 풍경이 되풀이되는 장면은 지루하지 않았다. 나무 책상은 팔꿈치를 올려놓을 때마다 삐걱거려서 밤이면 소음으로 느껴질 정도였다. 잠이 들었다가 대문이 여닫히는 소리에 깜짝 놀라 깨어나면 한밤중이었다. 한 번 깨면 다시 잠들 수 없었다. 커피를 마시고 동트는 시각까지 거실에 앉아 바람 소리를 들었다. 시끄럽게 지저귀던 새들도 밤에는 조용했고 새들의 소리가 사라진 밤은 적막했다.

숲속으로 난 길은 이슬이 내려 축축했다. 잎사귀에서는 앵두알 같은 물방울이 맺혀 있다가 떨어져 내렸다. 물방울이 떨어지자 숲이 수런거렸다. 햇살이 키 큰 나뭇가지를 뚫고 바닥에 넘실댔다. 언덕으로 오르는 길은 누군가 가시덤불을 꺾어 길을 내놓았다.

"언제 올 거니."

"벌써 싫증났어?"

"혼자 있기가 두려워서."

"곧 갈게. 기다려."

친구와의 통화는 이뤄졌는데 과일 좀 사오라고 말한다는 걸 깜박했다. 새벽에 자주 잠이 깨는 건 불안하다는 이유였다. 뭔지 모를 불안함이 내부에서 피어올랐다. 그게 무얼까, 왜 불안을 느끼는 걸까, 스스로 진단하다가 어쩌면 글 한 줄 쓰지 못하고 시간을 보내고 있는 것에서 기인한 건지도 모른다. 빈 집, 자기만의 방, 휘황한 불빛으로부터의 차단, 기계 문명의 소음으로부터 완벽히 단절된 환경에서 문장 한 줄 긋지 못하고 일주일을 보내고 있다 생각하니 한숨이 저절로 나온다.

태양에 달구어진 숲의 나뭇잎들은 축 늘어져 있다. 땅에서 올라오는 뜨거운 생명의 기운이 숲을 에워싸고 열기를 뿜어낸다. 덮기도 하고 답답하기도 해서 나는 바닥에 주저앉아 작은 풀들을 내려다본다. 그러다 벌러덩 드러누워 두 팔을 벌리고 하늘을 쳐다본다. 연둣빛 잎사귀들이 가지 끝에서 하늘을 가리고 흔들린다. 바람의 소리가 들리고 무성한 풀이 흔들린다. 나뭇잎을 뚫고 부서지는 햇볕이 얼굴을 간지럽혔다. 잠깐 졸았나 보다. 일어나서 숲속을 걸어오는데 사람의 기척이 들렸다. 말소리도 아니고 움직임도 없었지만 그건 틀림없이 살아 움직이는 인간에게서 뿜어지는 기의 흐름이었다.

누군가 흙집 주변 숲에서 움직였다. 걸음을 멈추고 자세히 봤더니 허리가 굽은 노파가 자루를 둘러매고 앉아 쑥을 뜯고 있다. 노파는 내가 바짝 다가서자 쳐다본다. 별로 놀란 기색이 아니다.

"쑥이 자라 쇠었지 뭐야."

"할머니, 안녕하세요."

"색시는 혼자 무섭지 않우."

"제가 여기 사는 걸 아셨어요?"

"좁은 골짝에 비밀은 없다우."

"비밀이라뇨."

"여기 살던 시인 총각, 모르오?"

"여기 시인이 살았어요?"

"색시가 오기 전에 살았다오. 배낭 메고 빈집에 들어와서 꼼짝 안하고 집안에만 있었다오. 밖으로 나오는 걸 본 사람이 아무도 없다오."

"그걸 어떻게 아세요."

"비밀은 없다오. 석 달인가 지나서 마을 이장이 와봤더니 그때도 혼자 책상 앞에 앉아 책을 붙들고 있길래 불편한 것 없냐, 필요한 것 있으면 말하라고 하고는 돌아왔다오. 다시 또 석 달인가 지나 이장이 찾아갔다오. 그때도 청년이 혼자 책상 앞에 앉아 있었다오."

"……."

"이장이 하두 이상해서 지켜보았더니 글쎄 그 청년이 배낭을 메고 높은 산을 넘어 읍내로 가서 시장을 봐왔대지 뭐요. 우리는 괜히 이 세상 사람이 아니라고 동네에서는 여기를 지나가기를 꺼려했다오. 아무것도 아닌 걸 갖고 괜히 놀랐으니, 참."

"길을 놔두고 왜 산을 넘어 갔을까요."

"사람들 만나는 게 싫었던 게지."

"그 시인은 어떻게 되었는데요."

나는 호기심에 자꾸 질문을 해댔다. 노파가 한참 뭔가를 생각하더니 다시 말문을 열었다.

"근데, 일은 그 이후에 터졌구먼."

노파는 이제 얼굴을 익혔다고 말을 놓는다.

"색시, 담배 있수?"

노파가 비루한 표정을 짓는다. 영악함이 굵은 주름살처럼 겹쳐졌다 사라진다. 나는 담배 한 개비로 노파의 환심을 사는 일에 주저하지 않았다. 무엇보다도 노파의 이야기에서 끌어당기는 힘이 있었다. 쭈그리고 앉은 다리가 저려서 바닥에 주저앉았다. 노파의 입술이 살짝 비틀어지며 웃는데 담배 한 모금에 경계를 지워버린 눈치다.

"색시 나이만한 아가씨가 찾아왔어."

"여기로요?"

"아가씨가 찾아와서 한 달인가 머물렀나, 시인이 산 너머로 가버리고 아가씨 혼자 남아 있었는데 날이 가고 달이 가도 시인이 돌아오지 않았지."

"아가씨는 어떻게 되었나요."

"혼자 기다리다가 죽었어. 까마귀가 하두 울어대는 바람에 이장이 찾아왔더니 아가씨가 죽어 있더래. 백골이 되어."

노파가 맛나게 담배를 빨며 연기를 불어 올린다. 나는 무의식중에 나의 새로운 정착지인 흙집으로 시선을 돌린다. 지붕 위에 아무렇게나 자라는 잡초가 무심하게 흔들릴 뿐 어제와 똑같은 풍경이다.

"시인은 어떻게 되었어요."

"아무도 모르지. 그 후 다시 안 왔으니까."

"끔찍하네."

내가 담배 연기를 길게 내뿜자 노파가 안됐다는 듯이 쳐다보더니 한마디 한다.

"겁먹지 말어. 어차피 우리도 산송장이여."

그녀를 빤히 바라보는 노파의 눈빛이 진지하다. 노파가 담배 한 개비를 더 달라고 손을 내민다. 담배 케이스에서 담배를 꺼내어 라이터로 불을 붙여준다. 노파는 매우 만족한 표정으로 말을 이어간다.

"죽은 사람이 어디 아가씨뿐이겠어. 어느 집이나 다 귀신들 집이지. 조상이 살아온 이래로 늙으면 죽고 또 늙어 병들어 죽고……."

나는 노파의 입을 가만히 쳐다본다. 당연한 사실을, 진실을 말하는데 꼭 거짓말처럼 들렸다. 내가 딛고 서 있는 땅도 집도 많은 죽음 위에 서 있는 것을 인식하지 못하고 살아왔을 뿐, 노파의 말이 틀린 것은 아닌데 몹시 불편하다. 두 개비째 담배를 다 피운 노파가 주섬주섬 자루 입구를 비틀어 짜듯이 묶더니 일어선다. 노파의 등에 짊어진 자루가 불룩하게 솟은 임산부의 배 같다.

"색시가 아가씨를 닮았어."

몇 발자국 걸어가던 노파가 뒤돌아서더니 그 말을 하고는 마을로 통하는 길을 따라 내려간다. 죽은 여자와 내가 닮았다는 말을 굳이 하고 가는 노파의 저의가 의심스러웠지만 그걸 지금 따질 계제가 아니었다.

친구는 그런 말을 하지 않았다. 얼핏 누군가 살다가 갔다는 말을 들은 것도 같다. 누군가 살다가 제 발로 걸어서 갔건 죽어서 갔건 살다가 간 것은 맞는 말이니 친구가 시인과 아가씨 이야기를 안했다고 뭐라고 말 할 입장이 아니다. 사람의 운명이나 집의 운명이나 한 시기를 왕성하게 보내고 쇠락해간다는 점에서는 결국 같은 것이니 말이다. 생물이나 무생물이나 시작과 끝이 성장과 쇠퇴이니 살아 움직이는 존재도 잠깐 동안 꼼지락대다가 결국 무생물이 되는 것과 같다. 그런 잡다한 망령들이 머릿속을 휘저어 놓는다.

천천히 집으로 와서 방문을 여는데 노파가 한 말이 나를 붙잡고 놓아주지 않는다. 방안을 휘둘러보는데 찜찜하다. 해가 기웃 넘어가고 있다. 하늘은 산등성이에 반쯤 걸려 있는 해와 반대편 하늘에 떠 있는 달이 교대를 마치고 귀가 중이다. 달과 태양이 교대하는 이 시간은 경계가 불분명하기도 해서 신이 산책하며 인간 세상을 엿보기도 하고 인간이 불멸을 꿈꾸는 시간이기도 하다. 짐승들이 쉴 곳을 찾아가는 불분명한 경계 지대에 개와 양과 늑대를 분간하지 못하는 목동이 헷갈려하는 어스름한 대기는 혼돈의 빛깔이다. 검은 어둠이 인간의 집 울타리를 기웃대기도 한다.

저녁 바람이 서늘하다. 목을 움츠리며 방으로 들어가 책상 앞에 앉아 어두워지는 숲을 바라보는데 그 친밀감을 주던 연두 빛깔 숲이 검은 그림자로 변해 집을 에워싼다. 바람이 불기 시작하는지 숲의 나무 그림자가 요동치기 시작한다. 숲 속 여기저기에서 가냘픈 새 울음소리가 들린다. 어린 새들이 무섭다고 어미 새를 찾는 밤, 태풍이 오려는지 바람이 거세진다.

라면을 끓여 먹고 책상에 앉아 책을 읽다가 섬뜩한 느낌이 들어 고개를 돌려보니 검은 숲의 나뭇가지들이 머리를 산발한 여자처럼 휘청거린다. 창문이 덜컹거리고 바람의 포효가 집을 집어 삼킬 듯이 으르렁댄다. 담요로 창을 가리려 망치와 못을 찾는데 남의 살림이라 찾을 수가 없다. 침낭을 펴고 들어가 눈을 감는다. 어둠 속에서 바람 소리가 점점 거세어지고 나뭇가지 부러지는 소리가 요란하다.

흰 옷을 입은 여자가 창문 밖에서 얼핏 스쳐간 것 같아 등골에 소름이 돋는다. 오줌이 마려운 걸 참고 창문 밖 어둠 속을 노려보다가 흰 옷이 아른거리는 것을 본 듯하다. 가슴이 벌렁거리고 심장 박동이 심하게 빨라졌다. 아랫입술을 꽉 깨물고 벌떡 일어나 전등 스위치를 누른다. 낡은 형광등이 한참 꾸물대다가 켜졌다. 벽에 등을 기대고 앉아 오줌 마려운 것도 잊고 스마트폰을 만지작거린다. 안테나를 쭉 빼내어 이용해도 불통이다. 안정감을 주던 불통이 불안으로 바뀌는 순간이다. 지상에 존재하는 모든 신들의 이름을 떠올려본다. 그러다가 나 자신에게 스스로 화가 난다. 이 정도밖에 안되는 인물이었나, 막말로 귀신이 나타난다고 해도 겁낼 게 없다는 자각이 들자 긴장이 조금 누그러졌다. 노파의 말을 듣기 전에 아무렇지 않았던 내가 죽은 여자 이야기 한마디 들었다고 볼품없이 망가지다니, 나에게 실망이었다.

마당을 가로질러 건물 귀퉁이에 붙어 있는 화장실에서 오줌을 누고 마루에 드러누워 검은 산등성이를 바라본다. 검푸른 하늘에 별이 희미하게 반짝인다. 별들도 이제 교대 근무를 할 시간이 다가오자 피로한 기색이다. 달과 태양, 별과 은하수가 서로 헷갈려서 이동하는 새벽, 나는 두 팔과 다리를 펴고 마루에 누워 새벽의 공기를 깊게 흡입한다. 풀과 바람과 나뭇가지가 뒤엉켜 만들어낸 비린 공기가 허공에 떠 있다.

깜박 잠이 들었다 깨어나니 아침 해가 마당 깊숙이 들어와 있다. 운동화를 신고 뒤뜰에 나갔다. 산오리나무가 기우뚱 기울어져 있고 키 큰 소나무가 뿌리 뽑힌 채 쓰러져서 오솔길을 가로막고 있다. 나뭇잎들이 숲 곳곳에 떨어져 나뒹군 모양새가 간밤 날씨 폭동의 흔적을 보여준다. 어린잎들이 바닥에 나뒹굴고 거센 바람을 견딘 나뭇잎들이 물을 머금은 채 참기름을 발라놓은 듯 반짝인다.

유리창 틀에 낀 흰 비닐조각을 떼어내어 마당 귀퉁이 무쇠솥단지 아궁이에 집어넣는다. 솥뚜껑을 열어본다. 고깃덩이가 제 육신을 보시하고 소멸한 흔적이라고는 찾아볼 수 없다. 깨끗하게 비워진 바닥에 녹이 슬어 있다. 뚜껑을 닫고 뿌리

뽑힌 소나무로 향한다. 꺾인 가지에서는 송진이 흘러내리고 향기로운 향기가 떠돌았다. 검은 개미 떼가 줄을 맞춰 소나무 둥치를 타고 오르내린다. 송진이 흘러내리는 소나무가 문득 눈물을 흘린다는 생각이 든다. 소나무는 자신이 죽어가는 것을 알까. 짙은 솔향기가 숲에 가득했다. 개미 떼의 행렬이 더 늘어나 이제는 두 줄 석 줄로 길게 줄을 맞춰 나무 몸통을 타고 오르내린다. 그들만의 언어로 소통이 되었을까. 숲에 흩어져 살던 모든 개미 종족이 기어 나와 소나무 한 그루를 분해하고 요절 낼 태세였다. 개미는 소나무가 죽어간다는 걸 알았을까. 어쩌면 소나무의 짙은 향기 속에는 죽음의 냄새가 배어 있는지도 모른다. 소멸해 가는 나무는 본능적으로 유전자를 지상에 남기기 위해 온 힘을 다해 열매를 생산한다고 하던가. 가뭄에 말라죽어가는 소나무에 솔방울이 넘치게 매달려 있는 장면을 가끔 본다. 죽은 사체나 떨어진 꽃잎을 딛고 벌레들이 달려들어 득시글거린다. 나무의 살점이 떨어진 듯 점점이 흩어진 나뭇잎 옆에는 새순이 뾰족뾰족 돋고 있다. 죽은 나무 둥치 밑에서 기를 쓰고 올라오는 여린 잎사귀들이 어미 나무를 대신하여 그 자리를 지켜가고 있는 숲은 분초를 다투어 진화하고 있다. 아침에 핀 꽃잎이 저녁나절에는 힘을 잃고 떨어져 내리고 지난밤 폭풍우에 민들레 홀씨가 날아가지 않고 원형을 유지하고 있는 풍경이 불가사의하다.

숲속 오솔길을 산책하다가 방향을 틀어 집으로 향한다. 어미꿩이 궁금해졌다. 처음 발견한 이후 나름 그 근처에는 얼씬하지 않고 예의를 지켜줬다. 잡초는 그 사이 더 자라서 마당이 숲의 일부가 되어 버린 듯했다. 꺾어 신었던 운동화를 제대로 신고 끈을 바짝 조였다. 조심스럽게 풀을 헤치며 어미꿩의 둥지를 향해 다가간다. 발걸음을 멈추고 나는 한참 그 자리에 못 박힌 듯 서 있다. 어미꿩의 둥지에는 알껍데기가 흩어져 나뒹굴었다. 어미도 새끼도 보이지 않았다. 빈 알 껍데기를 물끄러미 내려다보다가 나는 방으로 들어왔다.

'어미꿩은 어디로 갔을까.'

오후 내내 어미꿩의 생각으로 머리가 복잡해졌다. 책상 앞에 앉아 이제 제대로 된 글을 써야겠다고 결심한 순간 미세한 소리의 움직임이 포착된다. 주위를 둘러보는데 손가락만한 지네가 긴 발을 움직이며 책상 밑으로 돌아다닌다. 나는 지난밤 소리의 정체를 드디어 알아냈다는 사실에 안도한다. 불을 끄고 침낭 속으로 기어들어가 잠을 청하는데 천장에서 사각거리는 소리가 들렸다. 스마트폰 빛으로 비춰 봐도 아무것도 없었다. 다시 잠을 청하는데 이번에는 천장과 벽 구석으로 소리가 퍼져 나갔다. 재빨리 문단속을 했는지 기억을 회전시켜 보았다. 문을 꼭꼭 잠그고 창문을 닫은 것은 확실했다.

구석에는 불개미 떼가 줄을 지어 어딘가로 몰려가고 거미

줄이 천장에서 허공에 대롱거리며 매달려 있다. 내가 주인이 아니라 벌레들이 원래 주인 같다. 첫날 빗자루로 방을 쓸고 물걸레로 닦았는데 어디로 들어왔는지 모르겠다. 나는 그들의 집에 쳐들어온 불청객이 되어 버렸다. 천장, 벽, 문지방, 유리창을 꼼꼼히 살펴본다. 틈새가 없는데 어디서 기어들어온 건지 알 수가 없다. 그러고 보니 집안 곳곳에 크고 작은 벌레가 돌아다닌다. 작은 놈은 그러려니 하고 외면해서 그렇지 자세히 살펴보면 모기, 하루살이, 초파리, 파리, 거미, 개미들이 우글거린다. 내가 벌레들의 소굴에 들어와 있는 셈이다. 파리채를 찾았으나 보이지 않았다. 굴러다니던 신문지를 말아서 초파리를 한 마리 때렸으나 다른 벌레가 또 달려든다. 다른 데 정신이 팔려 무심하게 며칠을 보내다가 벌레에 신경을 썼더니 온통 벌레만 눈에 띈다.

비밀의 방.

그럴듯한 제목이다. 비밀의 집이라고 하려다가 방이 더 마음을 끈다. 제목을 붙여 놓고 나는 한참 노트북 화면을 들여다본다. 깜박이는 커서가 살아 움직이는 벌레 같다. 집의 구조는 한 세기쯤 되는 것 같다. 백 년을 지탱하는 동안 이 방에는 얼마나 많은 사람이 사랑을 하고 죽음을 맞이했을까.

지네는 어디로 사라졌는지 보이지 않았다. 산을 넘어간 시인은 어디로 갔을까. 또 다른 가파른 산을 넘어갔는지도 모른다. 노트북 앞에서 나는 가버린 시인과 죽은 여자가 자꾸 걸렸다. 시인이 떠난 후에 여자가 와서 살았는지 시인과 여자가 함께 살다가 남자가 떠났는지 알 수 없는 인생이었다. 의혹이 생겼다. 시인은 산을 넘어가고 여자는 도시를 떠나오고 혼자 빈 방을 지키다가 삶을 떠나간 게 아니었을까.

정애가 깨어났다는 소식은 그녀의 남편으로부터 전해 들었다. 정애 번호로 전화를 했더니 남편이 대신 받았고, 깨어나서 미음을 먹는다고, 혼자 어디 가서 쉬고 싶다고 말하더라며 정애 남편은 묻지도 않은 말까지 전해 줬다. 정애와 내가 많이 닮았다는 걸 우리 두 사람은 잘 몰랐다. 정애 남편이 나와 정애를 보더니 많이 닮았네요, 라고 말하며 놀란 표정을 지었고 신기한 지 자꾸 살펴서 그날 식사 약속을 잡아 만났는데 분위기가 묘하게 흘렀다.

배가 조금씩 아파 왔다. 하루에 밥 한 끼 겨우 먹으며 며칠 내내 변비에 시달렸다. 생활 리듬이 깨어지자 몸이 알고 여기저기 신호를 보내기 시작한다. 배앓이, 변비, 두통, 식도염에 간간이 기침까지 도졌다. 물을 끓여 마시고 생나물도 기피하며 조심했는데 잠을 잘 못 잔 후유증인가.

노트북을 덮고 운동화 끈을 졸라매고 숲속 오솔길을 따라 언덕으로 간다. 아무도 방해하지 않는데 아무도 뭐라 할 사람이 없는데 무한한 방임의 상태에서 자유가 주어졌는데 오히려 이곳에 머문 한 달 남짓한 기간에 온갖 간섭과 압박과 방해를 받은 느낌이 드는 건 무슨 까닭인가.

"왜 벌써 떠나려고?"

"응."

"쫌만 기다려. 이번 주말에 삼겹살 사갖고 갈 게, 바비큐 파티 하자."

"맥주랑 치킨 사와."

"어, 알았어. 내가 갈 때까지 기다려."

친구와 통화를 끝내고 나서야 안도감이 몰려오며 좀 더 참고 있어야 되나, 고민을 한다.

마루에 앉아 떠나온 도시를 떠올린다. 비밀의 방, 제목을 정해 놓고 한 치도 나아가지 못하고 있는 동안 또 하루가 저물어 간다. 마루에 드러누워 하늘을 쳐다보는데 어디서 수런거리는 새소리가 들린다. 벌떡 일어나 앉아 마당을 살피는데 잡초 사이로 어미꿩이 동그란 뒤태를 뒤뚱거리며 걸어가고 줄래줄래 따라가는 꺼병이들이 보였다. 하나 둘 셋 넷 다섯 여섯, 나도 모르게 꿩병아리를 세었다.

새끼들을 데리고 둥지를 찾아온 어미꿩이 보이지 않을 때까지 쳐다본다. 숲에서 장끼의 울음소리가 요란하게 들려왔다.

영혼의 집

영혼의 집

썩은 장작더미는 불이 잘 붙지 않아 연기가 계속 스며 나온다. 매캐한 연기에 눈물을 찔끔거리며 영모는 검은 아궁이를 들여다본다. 개미집이 되어 버린 고목은 삭아 부스러기가 덩어리를 이루어 뭉쳐 있었다. 기침을 하던 영모는 일어나 대문 바깥을 내다본다. 보일러를 새로 놓고 화장실 타일을 교체하고 벽지를 다시 바른 본채 건물을 놔두고 굳이 곁방인 황토방을 고집하는 노인의 속내를 알 수 없다. 마른 장작 값도 만만치 않게 나가는데 노인은 나무가 거저인 줄 안다.

지난 한식 때 노인은 할아버지 산소 앞에 주저앉아 망연히 선산을 바라보며 땔감이 지천이라고 중얼거렸다. 관리하지 않은 선산에는 밤나무 수종이 면적을 넓혀 가고 있었다. 산에는 쓰러진 나무가 많았다. 태풍이 지나가면서 키가 크고 잘 자란 나무가 먼저 쓰러졌고 작거나 볼품없는 나무들은 용케 버티고 있었다. 나무가 쓰러지면서 다른 나무를 덮쳤고 나무의 무게에 짓눌린 나뭇가지가 또 찢어지면서 한꺼번에 두세 그루가 뿌리 뽑힌 것도 있었다. 노인의 눈에는 나무가 땔감으로서의 용도로만 보이는 듯했다. 안방에 돌침대를 들여놔 주었는데도 이용할 줄 모르고 황토방 구들에만 애착을 보였다.

막내 순임이 고모의 전화를 받고 노인의 신상에 변고가 생겼나 싶어 회사일을 급하게 끝내고 내려왔더니 마을은 조용했다. 노인은 식사도 잘하고 불어난 몸집을 느리게 움직여 앞마당과 뒷마당 빈터에 꽃씨를 뿌리거나 울타리콩을 심었다.

"할매는 멀쩡해 보이네. 와 전화했노."

"니는 전화를 해야 내리오나."

순임이 고모는 영모보다 두 살이 적었다. 어릴 때는 같이 소꿉동무로 지냈다.

"지난 밤 할매가 기침 마이 했다. 큰일 치는 줄 알았다."

"고모가 애쓴다."

삼 년 전 노인이 밤새 기침하다가 폐렴으로 병원에 입원했을 때도 순임이 고모가 전화를 했었다. 순임이 고모는 이웃마을로 시집을 갔는데 남편이 일찍 죽고 알콜 중독인 시아버지와 병든 시어머니를 모시고 살았다. 노인은 늘 순임이 고모 얘기를 하며 가슴을 치곤 했다. 순임이 고모는 또 고모대로 혼자된 노인을 가끔 들여다보며 챙겨주곤 했다. 노인이 고모를 걱정하고 고모는 노인을 걱정하며 두 사람은 서로를 바라본다.

영모는 오래전 아버지 장례식 때를 떠올렸다. 아버지가 길에서 쓰러져 병원에 옮겨졌고, 아버지의 수첩과 연락처에는 할아버지와 영모 전화번호가 적혀 있었다. 영모는 평생 집밖을 떠돌아다닌 아버지의 연락처 단축 번호에 자신의 이름이 일순위로 저장되어 있다는 사실이 당황스러웠다. 연락처와 집주소가 할아버지 주소지로 되어 있다는 사실도 놀라웠다. 그래서는 안되는 것 아닌가. 버리고 떠난 가족이고 잊혀진 가족이었다.

영모는 마른 소나무 장작을 한아름 안아다가 황토방 아궁이에 집어넣고 라이터 불을 당겼다. 송진이 묻은 소나무 장작은 잘 탔다. 늦은 봄이기는 하지만 노인에게 바람 잦은 봄은 을씨년스러운 초겨울 날씨와 다를 게 없었다. 노인 옆에 붙어 있던 순임이 고모가 슬그머니 옆에 와 선다. 영모는 순임이 고모의 희끗희끗한 머리카락과 늙어가는 그녀의 세월이 잔주름같이 켜켜로 스며 있음을 본다. 어릴 적 순임이 고모는 영모에게 치여 늘 울음을 매달고 살았다. 송아지가 달려가며 순임이 고모를 치는 바람에 쓰러져 우는 것을 멀거니 바라만 보던 일도 새삼스러운 기억으로 살아난다. 그날 순임이 고모는 영모를 쳐다보며 울었고 그는 짜증난다는 듯 에이씨, 에이씨 하며 서 있었다. 텃밭에서 김을 매던 노인이 소리치며 달려왔다.

"고모 좀 일으켜주지 와그러고 서 있노!"

"고모가 조카를 돌봐줘야지 조카가 고모를 돌봐주는 게 어디 있노."

"이, 이, 이놈이 뭐라 돼먹지 않은 말을 지껄이노!"

노인이 나무작대기를 들고 영모에게 쫓아왔고 영모는 냅다 튀었다. 영모는 노인의 말에 대꾸를 하고는 우는 고모를 내버려둔 채 내달렸다.

"이눔의 집구석 아니면 내가 갈 데가 없을 줄 아나."

영모는 뛰어가며 뒤를 돌아보았다. 멀리서 노인이 작대기를 휘두르며 소리치는 게 보였다. 영모는 노인을 따라 두어 번 가봤던 외가댁을 향해 달렸다. 근동에서도 살림이 넉넉하기로 이름난 외가는 머슴밥을 고봉으로 꾹꾹 눌러 담아주어서 일하는 사람들이 특히 좋아한다고 했다. 외가를 떠올리는 영모의 기억 속으로 풍요로운 밥상이 스쳐 지나갔다.

외가에서 잔치가 있던 날이었다. 마당에 차일이 쳐지고 마을 사람들이 모두 나서서 잔치 일을 거들어주었다. 손님이 오는 순서대로 소반에 한상 차려진 음식이 나갔고 영모는 조청 묻힌 달콤한 유과를 외할머니가 주는 대로 받아먹었다. 어머니를 일찍 여읜 영모에게 쏟아지는 외가댁 사람들의 살뜰함은 어린 기억에도 눈물겨웠다. 영모는 본능적으로 알았다. 외할머니와 외삼촌, 이모가 영모를 대하는 그 시선에는 거스를 수 없는 애틋함과 본능적인 감정이 실려 있음을. 그건 말해서 되는 게 아니라 가슴이 먼저 감지했다.

혼자 외가에 온 영모를 외할머니는 따뜻한 쌀밥을 지어 그릇에 수북하게 담아주었다. 외삼촌은 영모를 타일렀다. 다른 가족 모두 영모가 밥을 입안에 퍼 넣는 모양을 바라보며 알 수 없는 표정을 지었다. 분명 여느 날과 달랐다. 다음날 영모는 외삼촌에게 업혀 노인에게 돌아왔고 노인은 무슨 일인지 아무 말이 없었다. 순임이 고모가 영모에게 외갓집 가서 쌀밥 먹었냐고 물어보는데 그 눈빛에 부러움이 가득했다.

순임이 고모는 영모에게 아픈 손가락과 같은 것이었다. 과거의 기억이 그녀를 보면서 새록새록 피어났다.

"고모, 나랑 데이트 좀 합시다."

"뭔 데이트."

영모는 고모 손을 잡아끌어 승용차에 타게 했다. 영모는 고모를 태우고 찻집으로 갔다. 호수가 보이는 카페였다. 실내는 오렌지 색깔의 가죽소파가 놓여 있어서 밝고 산뜻했다. 순임이 고모는 소파에 앉아 호수를 내다보며 볼을 살짝 붉혔다.

"내가 조카 덕에 이리 호강해도 되겠나."

"차 한 잔에 이리 감동하모 열 번이고 백 번이고 사주겠다."

영모는 대추차를 시켜 마시며 새삼스럽게 순임이 고모를

건너다본다. 곱던 순임이 고모는 사는 일에 치여 또래 나이보다 훨씬 더 나이 들어 보였다. 주름이 늘어진 목과 기미가 낀 얼굴은 고생한 흔적이 그대로 드러나 보였다.

"고모도 인자 늙어가나 보다."

"나가 몇인데."

순임이 고모는 찻잔을 두 손으로 감싸 쥐고 조심스럽게 대추차를 마시며 이따금 호수를 바라보며 알 수 없는 미소를 지었다.

"새 떼가 물에 사네."

순임이 고모의 시선을 따라 영모는 호수로 눈길을 돌렸다. 흰 백로, 왜가리, 물떼새, 기러기, 청둥오리들이 물결에 흔들리며 유유히 헤엄쳐 다녔다. 작은 새가 물속에 들어갔다가 한참 후에 멀리 이동해서 물 밖으로 나오는 정경이 보였다. 순임이 고모는 눈빛을 빛내며 계속 새들을 바라다봤다.

"나는 새가 산에 사는 줄 알았다. 새까맣게 떼로 물 위에 떠 있는 기 신기하다."

순임이 고모는 모든 게 신비스러운 풍경인 듯 했다. 마치 오랜 시간 여행을 하고 돌아온 여행자 같았다. 영모는 순임이 고모가 순간적으로 엉뚱한 말을 한다고 느꼈다. 어릴 적 강에서 멱을 감으며 놀 때 아이들을 피해 달아나던 새떼가 건너편 강기슭에 모여 목을 길게 빼고 눈알을 불안하게 움직이던 그

익숙한 장면을 잊어버리다니, 영모는 순임이 고모를 빤히 쳐다본다. 고모는 아무것도 기억하지 않고 아무것도 아는 게 없는 사람처럼 덤덤한 자세로 호수 끝을 바라다보고 있다. 영모는 포장한 꾸러미를 순임이 고모에게 건넸다. 백화점에서 산 스카프였다. 순임이 고모가 포장 꾸러미를 풀어 보라색 스카프를 손에 들고는 곱다, 곱다를 연발했다. 그러고는 쓸데없이 돈 쓴다고 핀잔이다.

"안 그래도 돈 쓸 데 많을 긴데 나한테꺼정 신경 안 써도 된다."

"조카가 고모한테 스카프 하나 못 사 주겄나."

순임이 고모는 새삼스럽게 무슨 조카 타령이냐는 듯 눈을 흘겼다. 그녀와는 과거에 얽힌 추억이 많았다. 이야기를 하다 보니 옛날 일이 포도덩굴 걸리듯이 줄줄이 흘러나온다. 영모는 토마토주스를 두 잔 더 시켰다.

영모는 호수 가운데 섬에 시선을 주며 외로운 소년 시절을 더듬는다. 잊고 살았던 기억이다. 순임이 고모를 만나자 가슴 깊이 유폐시켰던 어린 날의 기억이 나무에 새순이 돋듯 돋아 나온다. 영모를 낳고 일찍 돌아가신 어머니와 그 후 집 나간 아버지, 영모는 가슴 속이 뻥 뚫린 듯한 상실감에 노인에게 반항했고, 또래들과 싸움질을 벌였고 고모를 골려주며 방치된 시간을 보낸 어린 날을 회상한다. 호수 가운데 섬을 보면서 영모는 자신의 처지를 떠올렸고 그 시절 손위 누이처럼 돌봐준 순임이 고모를 만나 차를 같이 마시는 시간이 어색하면서도 편안하다. 어떤 한 시기의 기억을 공유하고 있다는 건 세월의 간극에도 막을 수 없는 친밀함으로 서로를 묶어준다는 것을 영모는 순임이 고모를 만나면서 깨달았다.

“객지 생활 어려울 낀데 나까지 챙기 주고 고맙다.”

영모는 평생 선물 한 번 못 받아본 사람처럼 말하는 순임이 고모가 자꾸 명치께에 걸렸다.

“시어머니는 아직 살아 계시고?”

“요양원에 있다.”

알콜 중독 시아버지가 돌아가셨다는 소식은 들어 알고 있었으므로 시어머니 소식을 물어본다. 순임이 고모는 짧게 대답하고 뭔가 할 말을 미뤄둔 사람처럼 입술을 달싹거린다. 영모는 그녀의 전화를 받고 내려와 식사량도 그대로인 노인을 본 후 불러 내린 이유가 내내 궁금하던 터였다.

“노인들은 알 수 없는 기다. 할매가 식사는 잘하는데 언제 또 무슨 일이 닥칠지 몰라. 그걸 대비해서 준비를 해야 안되겠나.”

“수의 말이가. 그거라면 오래 전에 준비해 놨다.”

영모는 삼 년 전 노인이 폐렴으로 병원에 입원한 후 수의를 준비해 뒀다. 수의를 미리 준비해 두면 오래 산다는 옛 사람의 말 때문인가. 노인은 그 뒤 삼 년을 거뜬하게 버텨왔다. 순임이 고모 표정이 일그러졌다. 그러고는 영모를 빤히 쳐다본다. 영모는 뭔가 잘못한 게 있나 싶어 불안한 눈동자를 굴리며 그녀를 마주 바라다본다.

"할배 죽기 전에 못 봤나. 광 옆에 매달아 놓은 그기 말이다."

멀뚱멀뚱한 표정으로 순임이 고모를 쳐다보던 영모는 순간 그녀의 의도를 알아차렸다. 오래전 외가에서 본 광경을 떠올렸다. 광 옆 허공에 들려 있던, 뒤주처럼 생긴 그 물건을 보고 외할머니에게 물었던 기억이 난다.

"할매, 저거 뭐꼬."

"느 할배 집이다."

"할배 집이 왜 허공에 들려 있노."

"할배가 죽으면 저 집에 들어가 살끼다."

"저래 좁은데 우째 살끼고."

영모와 외할머니와의 대화는 거기에서 끝났다. 그 시절 먹고살 만한 집에서는 연로한 노인이 있을 경우 미리 관을 준비하는 풍습이 있었다. 외가는 비교적 살림이 넉넉했고 외할아버지가 앓아눕자 외삼촌은 목수를 불러 오동나무관을 짜 맞추어 집 가까이 매달아 놓은 거였다.

오후에 영모는 이장 집을 찾아가 목수를 소개 받았고 목재를 주문했다. 향나무관이 가격은 비쌌지만 영모는 노인에게 그 정도의 예우는 해주고 싶었다. 군에 가서 영영 돌아오지 않은 삼촌을 봐서라도 영모는 그게 순리라고 여겼다. 노인에게 삼촌은 호랑이 같은 할아버지를 대신하여 의지할 수 있는 편하고 살가운 존재였다. 핏줄을 떠나서라도 삼촌은 노인에게 특별했다. 그 삼촌을 시기하여 영모는 심통을 부리고 소소한 것에서부터 트집을 잡아 노인을 곤란하게 만들었으니 지금 생각해도 낯이 붉어졌다.

어느 점심 밥상머리에서 영모는 삼촌 밥과 자신의 밥을 유심히 살폈다. 그러다가 숟가락을 밥상에 탁 내려놓으며 삼촌을 노려보았다.

"지 새끼 밥은 저래 많이 퍼주고 내 밥은 적게 퍼주고."

"야가 시방 뭐라 카노."

"지 새끼 밥은 저래 많이 퍼주고 내 밥은 적게 퍼주고."

"이, 이, 이놈이 뭐라 지껄이노. 귀양 보낼 놈!"

노인이 눈을 부릅뜨고 노려보자 영모는 벌떡 일어나 밖으로 나갔다. 노인이 손을 부들부들 떨며 작대기를 찾아 들었을 때 영모는 이미 마당을 벗어나 어디론가 사라진 후였다. 그날 순임이 고모가 영모를 찾아낸 건 해질 무렵이었다. 강에서 하루 종일 놀던 영모는 순임이 고모가 찾아오자 못 본 척 외면하고는 조약돌을 골라 물수제비를 뜨고 있었다.

"집에 가자. 배 고프겄다."

"싫다."

"고모가 업어 주까."

순간 영모는 웃으며 순임이 고모를 빤히 쳐다보았고 그녀는 마주보고 웃었다. 오디를 따먹은 영모 입술이 새파랬다. 뚝방 길을 걸어오며 순임이 고모는 영모 손을 잡았다. 영모는 손을 빼내지 않고 가만히 있었다. 산등성이 너머로 노을이 길게 꼬리를 끌며 지고 있었다. 노인은 아무 말 안했고 영모는 방으로 들어가 곧 잠에 빠져들었다. 하늘과 땅이 경계를 허무는 어스름한 시간이었다. 영모는 밥 먹으라는 순임이 고모 목소리에 잠에서 깼고 밥상 위에 수북한 자신의 밥그릇을 쳐다보았다.

"많이 무라."

노인이 말했고 영모는 말없이 밥을 입안에 퍼 넣었다. 삼촌은 보이지 않았다.

다음날부터 작업이 시작됐다. 전기톱을 사용하지 않고 일일이 손으로 수작업을 한다는 목수는 그것을 대단한 자부심으로 여기는 듯했다. 순임이 고모는 부엌을 들락날락하면서 식사 준비를 하다가도 목수에게 커피를 타주거나 식혜를 갖다 주면서 분주한 움직임을 보인다. 노인은 자신이 누울 나무관을 유심히 살펴본다.

"좁지 않겠나."

"들어가 누워 보이소."

노인과 목수가 주고받는 말을 들으며 영모는 호기심에 그들을 쳐다본다. 노인은 육중한 몸을 움직여 굼뜬 동작으로 한쪽 다리를 관속으로 디밀더니 조심스럽게 허리를 숙이며 다른 쪽 다리를 마저 집어넣는다. 똑바로 누운 노인이 눈을 감고는 기척이 없다. 오래전부터 그러고 있던 것처럼 가만히 누워 일어날 기미가 없는 노인을 영모는 물끄러미 내려다본다.

"할매, 거가 살끼가."

"여가 내 집인데 이만하면 딱 맞다."

"더 크면 뭐합니꺼. 이만하면 충분할 깁니다."

목수가 만족한 표정으로 영모를 돌아본다. 노인이 감았던 눈을 뜨고는 다시 감는다. 그 표정에는 삶을 정리하려는 단호한 결의 같은 게 서려 있다.

"할매, 마음에 드나."

"마음에 안 들면 어쩌겄노. 손자가 비싼 돈 들이가 해주는 긴데."

노인은 대답이 없고 앞치마에 손을 닦으며 나오던 순임이 고모가 냉큼 말을 받는다.

"저승에 가서 기죽지 말라고 향나무 관을 했다 아이가."

"할배가 깜짝 놀라겄다."

순임이 고모와 영모가 노인의 두 팔을 잡아 끌어당기며 일으켜 세운다. 무거운 엉덩이를 들었다가 다시 주저앉으며 노인은 두 다리를 뻗고 앉아 관 둘레를 어루만진다. 옹이가 박힌 자국이 보이면 쓰다듬으며 혼잣소리로 중얼거린다.

저녁을 먹고 어스름이 깔린 마당에 나와 서성이던 영모는 그때까지도 뒤꼍에서 어두워 오는 하늘을 쳐다보는 노인의 그림자를 발견하고 놀라 그 자리에 멈춰 선다. 어느 순간 영모는 노인의 그림자가 그 자리에 붙박인 정물화 같다는 생각이 들었다. 노인은 한순간도 관 옆을 떠나지 않고 시묘살이 하는 후손처럼 자리를 지켰다. 노인의 뒷모습을 오래 바라보던 영모는 할아버지가 돌아가신 후 뒷마당에서 선산 쪽을 올려다보던 노인을 떠올렸다. 그때도 그랬다. 노인은 한곳에 마음이 가닿으면 그것이 아침이건 저녁이건 때와 상관없이 집중하는 태도를 보였다.

굴뚝 뒤꼍에 매달아 놓은 향나무관은 바람이 불면 이리저리 조금씩 흔들렸다. 관이 완성되고 나서 노인은 틈날 때마다 죽은 후 자신이 머물 집을 쳐다본다. 튼튼한 밧줄을 엮어 매달아놓은 커다란 관은 노인의 유일한 소일거리가 되었다. 아침밥을 먹고 나와 한참 관을 쳐다보고 점심 먹은 후에도 저녁밥을 먹은 후에도 노인은 그 자리를 떠나지 않았다.

"할매가 주책이다. 영감한테 빨리 가고 싶어 안달이가?"

순임이 고모는 노인의 그런 행태를 보고 놀려댔다. 영모는 순임이 고모에게 눈짓을 하고는 앞장서서 걷는다. 감나무 가지에 새순이 참새 부리처럼 여기저기에서 돋아나고 있다. 그 정경은 겨우내 수분을 뿌리에 품었다가 제 철을 만나 생명을 열어가는 나무의 집념을 보는 듯하다. 천여 평 터에 심어진 감나무는 할아버지가 평소 영모에게 줄 거라고 입버릇처럼 말하던 밭이다. 집 나간 아들에 대한 실망과 미움이 컸던 탓일까. 길에 바짝 붙어 있어서 부동산 업자가 찾아와 몇 번이고 팔라고 했던 땅이다.

감나무 밭가에 나무 의자가 놓여 있다. 영모와 순임이 고모는 의자에 나란히 앉는다.

"요새 생활은 뭘로 하노."

"그럭저럭 밥 먹고 산다."

영모는 순임이 고모를 빤히 쳐다본다. 순임이 고모가 그간 어떻게 살아왔는지 영모는 짐작으로 알고 있다. 품을 팔거나 손수 농약 기계를 짊어지고 나무에 약을 살포해 가며 키운 감을 따서 곶감을 만들고 말랭이를 만들어 팔아 근근이 살고 있다는 것을.

"이젠 기력이 딸려 힘들다."

"나도 시골 한 번 왔다 가면 며칠이 깨지뿐다."

영모는 어쩔 수 없이 시골에 내려와 집 안팎을 정리했지만 힘만 들고 돈이 되는 것은 아무것도 없었다. 종자 값이나 농약값, 인건비가 수월치 않게 들어가서 투자 대비 수익률은 전혀 맞지가 않았다. 농촌 일이란 것은 돈 벌자고 하는 일이 아님을 매번 느끼는 터였다. 대대로 내려오는 논 서마지기도 노인에게 알아서 하라고 맡기고는 쌀 한 가마니를 택배로 부쳐주면 올해 농사가 끝났구나 싶어 그냥 지나가곤 했다. 솔직히 영모는 사업체를 정리하고 시골로 내려올 자신이 없었다. 시골에 와서 그가 할 수 있는 일이라는 게 노인들이 급하게 차가 필요하면 태워다줘야 한다거나 마을 심부름꾼 역할을 할 뿐이라는 걸 그는 알았다. 수입은 없고 지출만 있는 구조를 감당해 내기도 어려울뿐더러 아내와 자식들이 따라 줄지도 의문이었다.

감나무 밭과 경계인 산자락 너른 밭에 동남아 계열로 보이는 외국인들이 취나물 밭에서 일렬로 나란히 서서 풀을 뽑고 있다. 길 옆 나무 그늘에는 외국인들이 끓여 먹는 것으로 보이는 큰 솥단지와 가스통과 라면이며 채소들이 놓여 있다. 영모가 인사를 하자 그들도 안뇽하세요, 하고 합창을 하는데 목소리가 우렁차고 활기에 차있다.

순임이 고모와 이야기를 하면서도 영모는 산자락 취나물 밭을 올려다본다. 외국인들이 휴식 시간인지 모여 서서 초코파이 같은 간식을 먹으며 음료수를 마시고 있다. 마을 원주민 노인들은 하나둘 사라져 가고 마을은 이제 귀촌한 이방인과 외국인들이 꾸려 가고 있다. 친구들과 수영을 하고 놀던 강변에는 외국인 근로자들이 모여와 담배를 나누어 피우며 쉬는 것을 종종 보는데 그들은 인근 벽돌공장이나 산나물 가공공장에서 일하는 사람들이다.

얼마 전에는 혼자 산책을 하던 여자가 외국인 두 명에게 몹쓸 짓을 당했다는 소문이 파다했다. 그런 일이 있고 나자 여기저기에서 비슷한 일들이 있었다고 흉흉한 소문이 돌아다녔다. 순찰차가 강변 둑길을 자주 지나다니는 풍경도 그런 소문이 돌고 나서였다.

"나는 언제 내려올지 모른다."

"……."

"감나무에 농약 치는 일도 번거롭네."

"감나무는 약 안치면 어렵다."

순임이 고모는 산자락 외국인들을 쳐다보며 자신 없는 투로 힘없이 대답한다. 내려오는 길에 보니 소형 미니버스가 외국인 근로자들을 가득 싣고 어디인가로 이동하고 있다. 인력업체 버스였다. 시골은 인력업체 없이는 유지하기가 힘들어졌다. 인력업체 사장은 외국인 근로자들의 매니저 역할을 하는데 일정 금액의 수수료를 떼고 일손이 필요한 곳에 연결해준다. 소규모 인력업체는 대표가 직접 외국인 근로자를 싣고 일터에 태워다주고 하루 노동이 끝나는 저녁에는 다시 태워

간다. 경운기나 트랙터 혹은 트럭을 몰고 다니는 외국인들을 심심치 않게 볼 때마다 영모는 그들이 면허를 제대로 따고 농기계를 모는지 무면허인지 궁금했다. 순임이 고모가 잠시 집에 다니러 간 사이 영모는 승용차에 보관해 둔 수박을 꺼내어 들고 마을 회관으로 향한다. 회관 벽의 작은 유리창으로 연기가 가늘게 피어오른다. 과부 할머니들이 모여 담배를 피워 대는 풍경은 자연스러웠다. 특히 추운 겨울, 따뜻한 호빵을 사 들고 회관에 들르면 굴뚝이나 다를 바 없었다. 연기가 자욱한 방안에서 과부 할머니들이 경쟁적으로 뿜어 대는 담배 연기는 숨쉬기조차 힘들었다. 바람이 차서 창문을 꼭꼭 봉쇄한 밀폐된 방안에는 할머니들이 담배로 시름을 덜어내고 있었다. 그런 풍경은 어제오늘 보는 게 아니어서 영모는 현관 유리문 앞에서 잠시 숨을 고른다.

"우째 그라꼬. 향나무관이라니 호강한다 아이가."

"제 정신 아니지러. 비싼 관 해준다고 해도 받지 말아야재. 염치도 좋지."

"본마누라 밀어내고 안방 차지했으모 곱게 살 일이지. 안 그렇나."

"벌 받을 거 다 받았다. 아들 낳았다고 그리 유세하더만 군대서 사고 났다 안그럽디까."

영모는 순간 유리문을 밀고 들어가려다 말고 그 자리에 멈춰 섰다. 분명히 자신의 집안 얘기였다. 더구나 마을 노인들은 죽은 어머니 택호를 붙여서 영모를 부르곤 했다. 노인의 손자라거나 아버지 성함이 들어갈 만한데도 죽은 어머니 택호를 굳이 부르는 이유가 꼬인 심사인지 고인에 대한 연민인지 알 수 없었지만 자신에 대해 호의를 표시한다는 것은 분명해 보였다.

영모는 처음 듣는 소리였다. 아버지를 낳은 생모가 따로 있었다는 말인데 어떻게 그런 일이 있을 수 있었는지 혼란스러웠다. 할아버지가 보통 사람들과는 다르다는 것을 들어 알고는 있었다. 첫 딸에 이어 두 번째로 딸을 낳아 누워 있는 어머니 들으라고 마당에서 큰소리로 소리친 일은 두고두고 친척들 사이에서 회자되었는데 특히 이모는 주먹을 꼭 쥐고 양입술을 다물며 분개했었다.

"허어, 돼지를 낳으면 팔아 묵기나 하지. 기집애를 낳아 우짜노."

안방에 누워 아기에게 젖을 물리던 어머니의 귀에 들리는 시아버지의 목소리는 얼마나 큰 절망이었을까. 그런 일이 있고 나서 다음해 연년생으로 영모를 낳고 나서 어머니는 오래 살지 못하고 세상을 버렸다. 아버지는 어머니의 죽음을 받아들이지 못해 방황했고 두 해가 지나 순임이 고모가 태어나자 아버지는 집을 나가버렸다.

영모는 큰기침을 하고 뜸을 들인 후 유리문을 밀며 고개를 들이밀고 인사를 한다.

"아지매, 잘 지내셨습니까."

"이게, 누꼬. 안뜰댁 아들 아이가. 참말로 반가버라."

노인들은 언제나처럼 영모를 반겼다. 그들은 꼭 영모 어머니의 택호를 앞에 붙이고 그를 맞이했다. 영모는 손에 들고 간 수박을 내려놓았다.

"수박이 벌써 익었나."

"세월 좋네. 여름 과일을 봄에 먹어 보다니."

"일찍 죽은 사람들이 불쌍하지. 세월이 얼매나 좋노. 먹을 것 지천이지, 구경할 거리 많지."

"너무 오래 살면 흉하다. 내 나이 때 죽으면 딱 좋을 긴데."

"올 해 몇 살이고."

"여든 넷이재. 밥을 굶어야 죽는데 밥맛이 좋으니 우야노."

한쪽에서 수박을 자르고 다른 한쪽에서는 늙으면 죽어야 할 긴데, 같은 하나마나한 소리가 돌아다닌다. 노인들의 연세가 평균 여든을 넘겼다. 아흔두 살 노인이 구석에 앉아 있다가 눈을 맞춘다. 아흔두 살 노인은 오일장에 가려고 버스를 기다리다가 한 번 태워준 이후로 늘 고맙다고 몇 번이나 같은 말을 한다. 아흔두 살 노인은 깻모종을 심거나 고사리 밭 김매기를 하며 아들 눈치를 본다. 집에 가만히 계시라고, 남들이 보면 노인네 부려먹는다고 욕하더라며 아들이 지청구를 해도 노인은 몰래 호미와 바구니를 들고 나와 밭고랑에 숨어 일을 한다. 일을 하다가 승용차가 지나가면 깊은 고랑에 몸을 숨기고는 승용차가 지나가기를 기다렸다가 허리를 펴고 일을 한다. 아무도 노인이 밭에서 일하는 줄 모르다가 저물녘 호미를 들고 돌아오는 것을 목격하는데 그때도 대수롭지 않게 호박밭 김매기를 해주었다며 능청스럽게 대답을 한다.

"수박이 우째 이리 잘 익었노."

"잘 묵겄다."

쟁반에 놓인 수박을 들고 다들 한마디씩 한다. 그러다가 누군가 어머니를 거론하며 아까운 양반이 일찍 죽었다며 혀를 찬다. 한쪽에서는 착한 사람을 하늘이 먼저 데려간다고, 영모 들으라고 하는 소리들을 해댄다. 영모는 노인들이 어머니 이야기를 해도 아무런 감흥이 없다. 두 돌이 되기 전에 앓다가 돌아가신 어머니에 대한 기억이라곤 없는 터여서 그들이 듣기 좋으라고 하는 소리로 가볍게 들어 넘긴다.

마을 사람들이 노인을 바라보는 시선에는 적의가 담겨 있다. 노인은 그런 분위기를 감지한 듯하다. 마을 회관에 얼씬하지 않는 노인은 무슨 재미로 한 생을 살아왔을까. 일찍 세상을 버린 어머니나 집을 나가버린 아버지나 영모에게는 아무런 의미가 없는, 단지 서류상에 존재하는 혈연관계일 뿐이다. 영모를 키운 건 지금의 하동댁이다. 사람들이 긴긴 시간을 안줏거리로 삼는 노인과의 관계가 영모에게는 익숙하고 친밀하다. 손가락 한 번 닿지 않은, 밥 한 번 같이 먹지 않은 혈연관계가 무슨 의미가 있을까.

가끔 어머니가 생각나면 어두운 강변을 배회했다. 어쩌면 아버지를 그리워했는지도 모르겠다. 미움과 원망으로 가득 들어찬 아버지에 대한 감정은 연민의 다른 얼굴이 아니었을까. 나이 들어가면서 느끼는 감정이다. 차분히 되새겨보고 돌이켜보아도 그건 미움이나 원망 이전에 지독한 그리움이었던 것 같다.

치매 걸린 할아버지를 끝까지 돌보며 보살핀 것도 노인이다. 요양원에 모시라고 비용은 걱정하지 말라고 말해도 노인은 들은 척도 안했다. 영모는 적지 않은 금액을 약값으로 보태라며 보냈다. 마지막에는 똥을 싸놓고 손으로 찰흙 만지듯이 주물럭대며 노인을 힘들게 했던 할아버지였다. 초기에는 정신이 살짝 나갔다가 온전하게 돌아오기를 반복했다. 치매 초기부터 할아버지는 영모를 알아보지 못해 낯설어 했다. 마을 사람들에게는 깍듯한 할아버지였다. 다른 사람들은 모두 알아보고 아는 척하면서 영모는 알아보지 못하고 몸을 사렸다. 그런 할아버지를 사람들은 정신이 나갔다고 생각하지 않았다. 기억이 가물거린다고만 알뿐이었다. 나이 들어가면서 찾아오는 자연스러운 기억 상실로 인식한 마을 사람들에게 하동댁의 노고가 들어올 리 만무였다. 노인은 어디에다 대놓고 하소연할 곳이 없었다. 유일하게 순임이 고모가 노인 옆에서 힘든 과정을 함께 했다.

영모는 구순을 넘긴 노인의 연세를 헤아려본다. 백수를 산다고 해도 얼마 남지 않은 인생이다. 노인이 관에 집착하는 이유를 이해할 것 같기도 하다. 막내 순임이 고모가 태어나고 얼마 후 어머니가 세상을 버렸으니 영모는 덩그러니 세상에 홀로 방치된 거나 다름없었다. 아직 어머니 젖을 떼기 전의 영모는 밤마다 울며 보챘다. 노인은 영모에게 한쪽 젖을 내어주었고 순임이 고모와 나란히 노인의 젖을 먹으며 컸다. 영모가 순임이 고모에게 심술을 부렸던 이유도 젖을 나눠 먹는 관계여서 그랬는지도 모른다.

회관에서 나와 천천히 논두렁길을 돌아 집으로 온다. 맨발로 논두렁길을 뛰어다니거나 따뜻한 논물에 풋감을 묻어 놓았다가 사나흘이 지난 다음 꺼내 먹으면 떫은맛도 가시고 먹을 만했던 기억이 새롭게 그 시기를 일깨운다.

"어데 갔다 오노."

옛 생각에 젖어 걸어오는데 저만치 앞에서 이장이 마주 걸어오며 알은척 한다. 이장은 영모를 그윽하게 바라보더니 어디 가서 얘기 좀 하자고 소리를 낮춰 말한다. 마치 누가 들을

까봐 조심하는 눈치다. 이장이 앞장서서 걸어가더니 나무 그늘이 우거진 플라타너스 밑동 아래 주저앉는다. 영모도 나란히 이장 옆에 주저앉는다. 이장은 올해 칠십칠 세로 아버지와 동갑내기다. 아버지와는 어릴 때 학교를 같이 다닌 죽마고우라고 했다. 이장이 담뱃갑을 꺼내어 권한다. 영모는 한 개비 꺼내어 불을 붙여 문다. 뭔가 할 말이 있는 듯한 이장의 태도를 보며 영모는 인내를 갖고 기다린다.

"재산세 얼마 나왔더노."

"네? 재산세라뇨."

이장이 묻고 영모는 의아한 듯 쳐다본다. 이장이 담배 연기를 길게 뿜어낸다. 영모는 시골 땅이 값도 없는데다가 얼마 되지 않아서 노인에게 맡겨 놓았고 현재 사업체 자산 규모와는 비교할 수조차 없어서 잊고 지냈다.

"니가 장손 아이가. 돈 값어치야 올매 안되겠지만 상징성이라는 기 있다. 돌아가신 할배가 추수기에 벼를 수매하고 일등을 받으면 우리 영모가 와야 할긴데, 하더라만. 감나무에 감이 열리면 영모가 손을 보면 때깔이 더 고울 낀데, 그러며 기다렸다."

"솔직히 시골에서 자식 공부시키며 살 수 있습니까. 땅뙈기도 얼마 안되는데."

"하루는 할배가 영모에게 넘길 끼라고 도장을 갖고 법무사

사무실에 가더라. 순임이와 할매가 같이 갔다. 그래 한참 지난 뒤 할배에게 물었지. 손자에게 터를 다 넘기시니 홀가분하시죠, 그랬더니 무슨 말인지 못 알아듣는 눈치야."

"그런 일이 있었군요."

"치매가 진행 중이었는데 겉으로는 멀쩡했거든."

"……."

담배 두 개비를 나누어 피우고 영모는 일어섰다. 이장이 걱정스러운 눈빛으로 영모를 한참이나 지켜본다. 영모는 복잡한 심경으로 마을을 휘돌아 집으로 들어간다. 순임이 고모가 와서 늦은 저녁상을 봐놓고 기다리고 있다.

"와 이리 늦었노. 밥 다 식었다."

"회관에 갔다가 좀 늦었다."

"회관에는 와 자꾸 가노."

"밥 묵자."

순임이 고모가 밥상을 덮었던 보자기를 열고 된장찌개를 다시 데워 온다. 된장에 무친 취나물과 간장에 무친 두릅이 풋풋하게 씹힌다. 밥을 먹다가 영모는 아무렇지 않은 듯 물어본다.

"할매, 재산세 나왔나."

노인과 순임이 고모가 무슨 말이냐는 듯 영모를 쳐다본다.

"재산세? 아직 안 나왔다. 얼마 되지도 않는다."

"작년에는 얼마 나왔는데."

"코딱지만 한 밭뙈기에 재산세는 무슨, 밥이나 묵자."

노인이 서둘러 대화를 덮고 나물 반찬을 영모 앞으로 밀어 놓는다. 노인은 별 쓸데없는 것을 묻는다는 눈치고 순임이 고모는 고개를 숙인 채 조용히 밥을 먹고 있다. 영모는 빈 밥그릇을 내밀며 밥을 더 달라고 한다. 혹여 자신이 얼마 되지 않은 시골 터를 두고 노인을 의심하는 것 같아 마음이 편하지 않았다. 아버지에 이어 할아버지마저 돌아가시고 이 터를 지킨 건 노인이었다. 친할머니보다 어머니보다 아버지보다 이 집에서 더 오래 산 노인이다.

다음날 영모는 면사무소에서 토지대장과 건물대장을 신청하고 민원실 의자에 앉아 기다렸다. 혹시 재산세가 노인에게 부담이 되면 세금 부담이라도 덜어줘야겠다고 생각하던 터였다. 영모는 건물대장 서류를 한참이나 들여다본다. 할아버지 이름 밑에 낯선 이름이 등재되어 있다. 토지대장을 보다말고 낯선 이름 앞에서 한참을 헤맨다. 매도자 손기조, 매수자 방현웅.

할아버지가 논과 밭을 팔았을 리 없었다. 감나무 밭은 대대로 내려오던 땅이고 논은 영모가 내려와 관리하라고 늘 입버릇처럼 말하지 않았던가. 영모의 머릿속으로 어떤 예감이 스쳤다. 영모는 복잡해지려는 마음을 다잡으며 민원실 자판기

커피를 한잔 뽑아 마시며 냉정해지려고 애썼다. 종종걸음으로 집으로 돌아오니 마침 노인이 마루에 앉아 먼 산을 바라보다가 영모를 보고 웃는다.

"방현웅이 누꼬?"

"야가 와 이라노."

"방현웅이 누구냐니까."

노인은 당황한 듯 말꼬리를 돌린다. 부엌일을 하던 순임이 고모는 기척이 없다.

"할매 말 안할 끼가?"

"할배가 다 한 일이다."

"거짓말 말그라."

"니 와 이라노. 내는 모른다."

"……."

"현웅이는…… 내 아들이다. 미안하다."

부엌에서 일하던 순임이 고모가 눈물 자국이 가득한 눈으로 영모를 쳐다본다. 영모는 분노와 배신감과 혼란스러운 심경으로 순임이 고모를 노려본다.

"왜 말 안했나."

"내가 잠시 미쳤뻗다. 잠시 그 땅이 욕심나갖고 미쳤뻗다."

순임이 고모가 바닥에 주저앉아 어깨를 떨며 운다. 영모는 비틀거리며 일어나 마당으로 나와 담에 기대어 담배를 피워

문다. 노인이 순임이 고모를 붙잡고 운다. 노인의 울음이 길게 마당을 가로질러 대문 밖으로 새어나간다.

"이년의 팔자를 누가 알아줄꼬. 본마누라 제치고 안방 차지했다꼬 동네 사람들, 친척들이 지금까지도 가재미눈을 뜨고 보는데 영감이라고는 맨날 지 손자만 끼고 돌고, 이 집 귀신에게 제삿밥 차려 올린 기 얼마나 긴 세월인데 나는 알아주지도 않고. 어이구, 내 팔자야."

노인의 넋두리가 공허하게 울려왔다. 영모에게는 노인의 넋두리와 순임이 고모의 눈물이 무대 위의 배우처럼 연기를 하는 것 같아 몹시 불편하다. 젊은 날 사업을 한다고 앞만 보고 내달린 일들이, 명절이면 하루 전날 밤에 내려왔다가 다음 날 새벽 올라가고 하던 일들이 어제 일인 듯 스쳐 지나간다. 바쁘게 보내는 틈틈이, 골치 아픈 일 틈틈이 영모는 가끔 고향집과 그 터를 생각하면 가슴 안에 따뜻한 바람이 불었다. 사업을 접고 언젠가는 정착할 시골 마을에는 영모의 철없던 어린 시절의 추억이 곳곳에 뿌리를 내리며 견고해지는 나무처럼 자라고 있었다.

영모는 거래를 하던 변호사 사무실에 전화를 걸었다. 통화중이다. 담배 한 개비에 불을 붙여 물고 연기를 깊이 흡입했다가 허공으로 불어 올린다. 담배 연기 한 모금에 마음이 차분하게 가라앉으며 냉정해진다.

순임이 고모는 영모와 마주치지 않으려고 부엌에서 나오지 않는다. 영모는 순임이 고모를 불러 승용차에 태우고 호숫가 카페로 간다. 카페라떼 두 잔을 시켜 놓고 영모는 그녀를 가만히 바라본다. 순임이 고모는 하얗게 질린 낯빛으로 눈길을 피한다.

"차부터 마시소. 집터와 감나무 밭 내가 다시 찾아와야 안 되겠나."

순임이 고모가 눈을 반짝 빛내며 쳐다본다. 영모는 그 눈길을 피하지 않고 마주 바라다본다.

"다 합쳐서 시세보다 올려쳐줄 낀 게 고모는 친정에 발 끊으소. 마을 사람들이 알 필요도 없고, 소문낼 필요도 없고. 집안일 아이가."

순임이 고모는 불안정한 눈동자를 굴리다가 고개를 떨군 채 울고 있다. 새들이 물결에 흔들리는 호수는 망망한 길을 조용히 흐르고 있을 뿐 평화로운 풍경이다.

울음 우는 숲

울음 우는 숲

현관문을 열자 벽지 냄새가 강하게 끼쳐온다. 명숙은 비로소 내 집에 돌아왔다는 안도감과 너무 오래 걸렸다는 생각에 아쉬움이 들었다. 명숙은 그동안의 힘겨웠던 시간이 이 집에 돌아오기 위한 과정이었다는 의문을 지울 수 없다. 십여 년의 세월은 많은 것들을 바꾸어 놓았다. 드문드문 박혀 있던 산자락의 집들이 빌라촌으로 바뀌어 촘촘한 건물 사이로 골목이 생겨나고 음식점과 카페와 편의점이 들어서 있는 풍경은 옛 기억을 환기시키기에 혼란스러웠다. 일회용 무설탕 커피를 잔에 타서 마시며 명숙은 베란다 밖으로 펼쳐진 전경을 내다본다. 단풍 드는 가을 산의 정경이 스산하다. 유난히 붉은 덩굴식물이 눈에 띈다. 참나무를 휘감은 덩굴식물의 붉은 단풍에서도 명숙은 나이 듦을 의식한다. 언제 고꾸라질지 아슬아슬한 참나무를 보며 자신의 모습을 보는 듯해 애잔한 마음이 든다.

이날따라 커피가 유난히 쓰게 느껴진다. 커피 잔을 들고 안방 문을 열다가 명숙은 놀라 그 자리에 얼어붙고 만다. 젊은 여자가 침대 위에 앉아 울고 있다.

"누, 누구세요?"

명숙은 떨리는 음성으로 겨우 묻는다. 백짓장 같이 창백한 여자가 침대 끝에 걸터앉아 명숙을 힐긋 쳐다본다. 명숙은 잡고 있던 문을 소리 나게 닫고는 그 자리에 주저앉는다. 조금 후 정신을 차린 명숙은 커피 잔을 내려놓고 다시 안방 문을 조심스럽게 열어본다. 여자는 보이지 않고 빈 침대가 덩그러니 붙박여 있다. 명숙은 안도의 숨을 몰아쉬며 여독이 풀리지 않아서 헛것을 본 모양이라고 자신에게 중얼거린다.

십 년을 꾸려온 식당을 다른 사람에게 넘기고 명숙은 여행사를 찾아가서 단체 관광객들 틈에 끼어 서유럽 5개국을 돌고 왔다. 일하느라 한 번도 집을 떠나 본 적이 없었다. 명숙은 손가락 관절과 허리 통증이 심해지기 전에 여행을 다녀와야겠다고 마음먹었고 아는 얼굴이 하나도 없는 여행 팀에 끼어 가이드가 안내하는 대로 따라만 다녔다. 기억나는 거라곤 성당과 수도원, 박물관의 성화 그림뿐이고 그 여행을 통해 명숙은 오래전에 자신이 성당에서 세례 받았음을 기억해 냈다는 점이다.

명숙은 안방을 다시 열어볼 엄두가 나지 않아서 짐을 풀다 말고 가방을 챙겨들고 일어선다. 낡은 가구와 가전제품을 모두 버리고 와서 명숙은 텅 빈 공간에 몸만 달랑 남아 있는 현실이 먼 여행지의 민박집 방에 앉아 있는 느낌이 든다. 사람이건 가구건 명숙은 이제 묶이고 싶지 않았고 홀가분해지고 싶었다. 신선한 커피를 마시고 싶어 집을 나선다.

공원 옆에 있는 카페는 한산하다. 사십 초반쯤으로 보이는 남자가 혼자 소파에 앉아 있다가 벌떡 일어난다. 뜨거운 카페라떼 한 잔을 주문하고 실내를 둘러보는데 벽에 걸린 바이올린과 기타가 눈에 뜨인다. 커피를 갖고 온 남자에게 악기를 다루냐고 물어보니 시작한 지 얼마 안됐다고, 며칠 전 월미도 광장 갈매기무대에서 배호 가요제가 있었고 동상을 받았다고 자랑한다. 대상, 은상까지만 가수 자격증을 주고 동상은 가수 자격증을 안줘서 못내 서운한 티를 내면서도 남자의 표정은 자부심이 가득했다. 손님이 없어서 이런저런 질문에 순순히 대답해준다. 카페 문을 연지 일 년 되었고 원래 하는 일은 실내 건축 인테리어라며 일 년 동안 일을 하나도 못했다고 하소연이다. 구석에는 골프채가 세워져 있고 그 옆에는 나무로 된 5단 책장에 낡은 책들이 꽂혀 있다. 책을 읽어도 되느냐고 묻자 당연히 된다고, 하루 종일 와서 책을 읽어도 좋다고, 커피를 안 시키고 앉아 쉬었다 가도 된다고 인심 좋게 말한다. 여성 월간지를 뒤적이다가 창밖을 내다본다. 산기슭 공원에 히잡을 쓴 여인들이 모여 앉아 무슨 말인가를 주고받는 정경이 보이고 가끔 아프리카나 히스패닉계 외국인들이 지나다니는 게 보인다. 이곳에 공장도 없는데 외국인들이 부쩍 많아져서 의아하다.

명숙은 카페를 나와 공원 입구로 향한다. 산길을 따라 데크가 길게 이어져 있고 등산복을 갖춰 입은 사람들이 빠른 걸음으로 지나간다. 그 길을 느린 걸음으로 걷는다. 숲에는 도토리와 알밤이 떨어져 뒹군다. 코끝에 마른 잎 향이 스며든다. 이파리들이 몸을 도르르 말아 수분이 빠져나가느라 비틀린 몸을 매달고 있는 정경이 계절이 바뀌고 있음을 보여준다. 데크가 끝나고 흙길이 나올 즈음 약수터가 나타나고 약수터 주위에 운동 기구들이 설치되어 있다. 나무 의자에 앉아 명숙은 목을 길게 빼고 하늘을 쳐다본다. 푸른 하늘을 배경으로 작은 나뭇잎들이 하늘 가득 흔들리는 정경이 오래전 봄날 남편 성국과 쳐다보던 꽃잎을 닮았다. 진달래와 노란 동백이 지고 산벚꽃이 가득 흩날리던 그 봄날에 명숙은 성국과 헤어졌다. 그러고 보니 낡은 나무의자는 오래전에 성국과 앉아 발을 까닥거리며 두 팔을 벌리고 꽃잎을 받아 안던 그 자리 같다. 아들이 중학교 1학년 때였다. 부모의 이혼을 받아들이기 어려워 방황을 하던 아들을 다독이느라 성당 기도 모임에 참여한 일들이 가물가물 피어난다.

지팡이를 짚은 노인이 소형 스테레오 녹음기를 허리에 차고 천천히 지나가는 산길에 귀국선 노래가 울려 퍼진다. 이북에서 남으로 피난 내려온 친정아버지가 입에 달고 살던 트로트풍 곡이라서 귀에 익다. 지팡이를 짚으며 걷는 노인이 왼쪽 다리를 조금씩 절고 한 걸음씩 움직일 때마다 한쪽 어깨가 심하게 기울어진다. 느리게 걷는 노인 옆으로 사람들이 빠른 걸음으로 지나쳐 간다. 노인의 보폭과 귀국선의 박자가 어긋나며 묘한 분위기가 연출된다. 트로트 리듬에 4분의 2박자로 이루어진 노래가 노인의 보폭과 맞지 않는 풍경은 어긋나기만 했던 자신의 지나온 삶을 보는 듯해서 명숙은 천천히 노인의 뒤를 따라 걷는다. 노래가 그치고 노인이 공원 의자에 앉아 거친 숨을 내쉰다.

노인이 앉아 있는 맞은편 의자에서 중년 남자가 아코디언을 연주한다. 보면대에 놓인 악보가 바람에 펄럭이더니 한 장이 날아와 명숙 앞에 떨어진다. 명숙은 허리를 숙여 악보를 집어 들고 아코디언 남자에게 갖다 준다. 남자가 고개를 약간 숙여 고맙다는 눈인사를 하며 마주 본다. 남자의 눈빛이 유난히 까맣다. 명숙은 아코디언 남자 옆에 주저앉아 그가 연주하는 음악을 듣는다. 피렌체의 옛 도시에서 만난 아코디언 노인과 숲속에서 만난 중년 남자가 겹쳐지며 명숙은 한순간 지나간 시간의 그물이 얽히며 혼란이 온다. 피렌체의 오래된 다리위를 지나갈 때 예복을 갖춰 입고 라노비아를 연주하던 노인의 표정은 담담했고 오직 그 일을 하기 위해 태어난 사람처럼 음악에 몰두해 있었다. 한때 명숙은 음악을 좋아했고 클래식에 탐닉한 시간이 있었지만 어느 순간 그 모든 것을 잊고 살았다. 성국과의 관계는 그녀의 청춘뿐만 아니라 취미나 추억마저 잃어버리게 만들었다. 그건 인생의 소중한 부분, 아이가 부모를 떠나 외가에서 유년기를 보내며 어떤 한 시기를 놓친 거나 다름없었다. 명숙은 노인이 연주하는 라노비아를 들으며 멀리 다리 밑을 흐르는 강물을 내려다보다가 일행이 다리를 다 건너가고 혼자 남았다는 것을 알았다. 라노비아 노인의 모자 안에 1유로 동전을 던져주고 멀어진 일행의 꽁무니를 쫓아간 기억이 난다.

남자는 주로 외국 곡을 연주한다. 베사메무초, 에델바이스 같은, 명숙이 주로 아는 음악이라 가만히 귀 기울여 듣는다. 바람이 불 때마다 나뭇잎이 한꺼번에 허공을 휘돌아 숲 여기저기에 떨어져 나뒹군다. 명숙은 몸을 웅크리고 앉아 아코디언 연주를 듣다가 조용히 일어선다.

공원을 지나 골목으로 접어든다. 명숙은 반가운 마음으로 십 년 전부터 한자리를 지키고 있는 미용실 문을 밀고 들어간다. 어서 오세요, 파마를 말고 있던 여자가 힐끔 뒤돌아보고는 다시 부지런히 손을 놀려 파마를 만다. 얼굴은 중년의 나이로 보이는데 머리카락은 하얗게 세어서 염색인지 원래 색인지 분간이 안 간다. 오래 전에 다니던 미용실인데 그 자리에 그대로 있어서 좋네요, 했더니 주인 여자가 뒤돌아보고는 낯이 익다고 말한다. 명숙은 미용실 여자의 목소리에서 그녀가 예전의 그 주인이라는 것을 알고 더 반가운 티를 낸다.

"가게마다 주인이 바뀌었는데 여기는 그대로네요."

"지겨워서 떠날까 하다가 그냥 눌러 앉았어요."

"캠핑카가 문 앞을 막고 있으면 답답하지 않아요. 치워 달라고 하지 그래요. 남의 가게 앞에 두면 안되죠."

"아, 그거 우리 남편 거예요."

미용실 여자가 냉큼 말을 받는다. 미용실 여자는 자기에게 의논도 안하고 남편이 덜컥 캠핑카를 샀다고 푸념이더니 평생 여행을 떠나본 적이 없어서 남편과 같이 세상을 떠돌고 싶다고, 중형차를 사서 개조하는데 8천만 원 들었다고 은근히 자랑을 한다. 어디어디 다녀왔냐고 묻자 아직 한 번도 떠나지 못했다며 한숨을 내쉰다. 문 닫아걸고 휴가를 가지 그랬어요, 했더니 남편이 기술자라서 쉴 만하면 공사 요청이 들어온다고, 이번 일만 마무리하면 무조건 떠날 거라고 하는 표정에 기대감이 차있다. 파마 손님이 잠시 대기하는 중에 머리카락을 귀밑 수준으로 짧게 잘라 달라 말하고 미용실 여자를 쳐다본다. 미용실 여자는 살림이 펴졌는지 궁상맞던 예전과 달리 얼굴 표정에 여유가 넘쳐난다. 오래전 미용실에는 김치볶음밥 냄새가 늘 떠다녔다. 미용실 여자는 아침에 출근을 하며 도시락을 싸갖고 왔다. 양은 도시락 바닥에 배추김치를 잘게 썰어 참기름과 밥을 담아 연탄난로에 얹어 놓으면 김치볶음밥 익어가는 냄새가 실내 가득 퍼지곤 했다. 어쩌다 미용실에 들러 밥 한술 얻어먹은 적도 있고 밥을 먹고 커피 믹스를 진하게 타서 나누어 먹기도 했다. 그러고 보니 연탄난로는 없어지고 가스난로가 구석에 놓여 있다. 힘들다고 해도 시간은 조금씩 아주 조금씩 인간의 삶을 변화시킨다.

명숙은 혼자되고 나서 모든 게 서툴러 허둥거렸다. 식당 문을 열고 일하는 아줌마를 구하고 월급을 제때 못 줘서 지녔던 패물을 몽땅 팔아치웠고 형편이 좋아지면 팔아버린 패물 중에 반지라도 다시 사야지 했는데 다시 살 이유가 없어졌다. 그 반지는 성국과 결혼하면서 받은 예물 반지였고 굳이 반지를 사서 끼고 싶지도 않았다. 손은 늘 젖어 있었고 부어 있었고 마디가 굵어져서 웬만한 가락지는 들어가지 않았다. 식당 손님들은 명숙이 끓인 곰탕 국물을 맛있게 먹었다. 우족과 잡뼈를 사서 열 시간씩 고아내고 국물에 살코기를 넣고 푹 삶아서 얹어주곤 했다. 어머니에게 배운 대로 황태를 넣은 깍두기는 시원하고 감칠맛이 났고 배추포기김치를 담글 때는 생태를 사서 통째로 넣었고 생태 뼈가 삭을 즈음이면 김치가 익어서 감칠맛이 났다. 비린내가 전혀 나지 않고 담백했다. 곰탕만 끓여 팔며 삼십 대와 사십대를 보냈다. 정신을 차리고 보니 왜 사나 싶었다. 가끔 일하는 아주머니가 사장님 돈 벌어서 어디에 쓰시게요, 라고 하면 글쎄, 하고는 대답할 말이 떠오르지 않았다.

그 무렵이었을 것이다. 허리 통증과 손가락 관절염 치료를 받으며 의사가 쉬라고 할 즈음이다. 그제서야 명숙은 산자락에 기대어 서 있던 옛집이 생각났다. 성국과 헤어지면서 전세를 주고 잊고 산 지도 꽤 되어 그 집이 원래 명숙 집이었는지 아니면 남의 집인지 헛갈릴 정도였다. 오랫동안 전세 가격을 올리지 않고 내버려둔 터여서 십 년 가까이 살던 세입자는 그 집에서 자식을 결혼시키고 넓은 집으로 굳이 이사 갈 생각이 없다며 정이 들어 그냥 눌러 앉아 산다고 말했다.

"동네가 변해서 몰라보겠어요."

"에구, 웬 빌라가 그리 많이 들어서는지, 동네 다 버려놨어요."

미용실 여자는 빌라가 들어서는 게 마음에 들지 않는지 눈살을 찌푸린다. 걸어오면서 둘러보니 오층 빌라가 많이 들어서 있기는 했다. 게다가 외국인이 더러 보여서 이 동네에 외국인이 거주할 환경이 되어 있나, 라는 의문이 들었다.

"젊어 보여요."

미용실 여자의 과도한 친절을 받으며 바깥으로 나오자 저녁 해가 넘어가느라 골목이 온통 붉은 빛으로 출렁거렸다. 처음 이사 왔을 무렵에는 멀리 갯벌 끝으로 바닷물이 들어왔다 나가는 게 보였는데 그 사이 고층 아파트가 바다를 가로막아 버렸다. 베란다 뒤쪽으로는 산이, 앞 베란다로는 바다가 보인다고 좋아했던 일들이 이제는 까마득한 옛날 일이 되어버렸다. 물을 끓여 컵라면을 먹고 거실 바닥에 주저앉자 명숙은 무엇부터 해야 할지 망연해진다.

안방 문을 꼭 닫아 놓은 채 작은 방과 거실을 왔다 갔다 하며 짐 정리를 한다. 가구를 버리고 왔더니 짐이라야 옷상자와 그릇 정도로 단출하다. 아들은 일찍 독립을 하여 해외에 나가 살고 식구가 없어 원래 짐이 없기는 했다. 피곤이 몰려왔다. 명숙은 기다란 대걸레로 바닥을 닦고는 거실 바닥에 요를 폈다. 안방 침대는 선뜻 다가서기가 어려웠다. 성국이 떠난 후 명숙은 안방 침대에 누워 눈물로 밤을 지새우곤 했다. 명숙은 안방에 울음이 가득 차 있을 것만 같은 환각에 시달렸다. 그 방에 들어서기가 두려웠다. 문을 여는 순간 어둡고 축축한 공기가 명숙을 향해 와락 달려들 것만 같았고 뭔지 모를 어두움의 정체가 도사리고 있을 것만 같았다. 그런 느낌 때문이었을까. 명숙은 창백한 여자의 환영을 보며 자신의 직관이 어긋나지 않음에 두려웠다.

베개를 베고 누워 있는데 아래층에서 아이들이 뛰어다니는 발소리가 난다. 한 명이 아니고 둘인 것 같다. 예전에 명숙이 살 때는 아래층에 젊은 새댁이 살았다. 사내아이는 예닐곱 살 되었고 출근을 하며 사내아이를 할머니 댁에 맡기러 간다고 했다. 그 사이 주인이 몇 번 바뀌었을 것이다.

몸은 피곤한데 잠이 오지 않아 명숙은 뒤척였다. 뒤쪽 베란다 창문으로 가로등 빛이 희미하게 들어온다. 앞 베란다에는 건너편 아파트 앞집 유리창 불빛이 투과되어 실내를 희미하게 비춰준다. 눈을 감고 이리저리 뒤척이다가 명숙은 눈을 뜨고 천장을 올려다본다. 네모진 등이 딱정벌레처럼 붙어 있는 천장에 베란다 불빛이 투영되어 그림자를 만들어낸다. 아래층 아이들의 발자국 소리, 아이 엄마인 듯한 여자 목소리가 들려온다. 바람 소리가 문틈으로 새어들어 온다. 가을이 깊어가며 나뭇잎이 말라가느라 서걱거리는 소리가 쉴 새 없이 난다. 정신은 더 또렷해져서 명숙은 일어나 불을 켜고 아직 풀지 못한 짐 속에서 맥주 캔과 와인을 꺼내 놓는다. 맥주를 손에 잡았다가 미지근해서 와인 병을 딴다.

여자의 울음소리가 들려왔다. 막 잠이 들려고 하던 터여서 명숙은 어디서 나는 소리인가 귀를 기울인다. 베개에 귀를 대고 옆으로 돌아눕는다. 울음소리는 가늘고 길게 들려오다가 흐느끼다가 멈췄다가 다시 들려온다. 명숙은 눈을 감고 가만히 여인의 울음소리를 듣는다. 울음소리는 안방에서 들리는 것 같기도 아래층에서 들리는 것 같기도 하다. 오래전 아래층 새댁은 남자가 떠나고 어린 아들과 둘이 살았다. 밤마다 들려오던 새댁의 울음소리에 명숙은 잠들 수가 없었다. 명숙은 아래층 새댁이 다시 왔을 리가 없음에도 혹시 그녀인가 싶어 신경을 곤두세운다.

아이들은 잠들었는지 조용하다. 바람 소리가 창문을 흔든다. 창문 너머로 밤에 우는 새소리가 들린다. 예전에도 그랬다. 꼭 밤에만 우는 새가 있었다. 사람이나 짐승이나 똑같다는 생각을 하며 명숙은 억지로라도 잠을 자려고 돌아눕는다.

아침 햇살이 머리맡에서 이마를 간질인다. 명숙은 드러누운 채 눈을 뜨고 유리창을 투과해 들어오는 햇살을 바라본다. 베란다 문을 열고 창밖을 내다본다. 숲속에 기우뚱 한쪽으로 기울어졌던 참나무가 누워 있다. 쓰러지면서 옆의 오리나무를 덮쳐서 두 그루가 포개어지듯이 길게 누웠다. 붉은 담쟁이가 참나무를 친친 감고 놓아주지 않은 채 꼭대기까지 뻗어 있는 모양새가 볼썽사납다. 덩굴식물은 덩치 큰 나무를 타고 오르면서 무수한 뿌리를 나무 몸체에 박고는 수액을 빨아먹으며 한 그루를 통째로 점령해버렸다. 숲에는 그런 덩굴식물들이 있고 키 큰 나무들이 쓰러져서 썩어가는 게 보였다. 누군가 남의 인생을 쓰러뜨리는 사람도 있을 것이다. 누군가 남의 인생을 망가뜨리는 경우도 있을 것이다. 남의 인생에 기대어 편하게 살거나 짐을 지우는 일들은 인간의 세상에만 있는 게 아닌 모양이다. 숲 속 덩치 큰 나무들이 쓰러져 누워 있으면 어김없이 그 안에는 개미 떼가 집을 짓고 마을을 형성하거나 둥지를 꾸미고 있었다.

성국은 어머니 사랑을 못 받고 자라 결핍감이 있었다. 명숙은 부모의 과도한 사랑을 받기만 했지 나누어주는데 서툴렀다. 명숙의 사랑을 갈구하던 성국은 명숙이 성숙한 관계로 성장하는 것을 못 기다리고 다른 여자에게로 가버렸다. 성국과 헤어지고 살던 집을 전세주고 명숙은 그 집을 잊고 살았다. 남편 성국과 같이 신혼을 꾸민 집이었다. 십오 년을 살고 난 어느 날 남편은 자신을 버리고 떠난 여자가 돌아왔다며 그녀와 다시 시작하고 싶다고 말했다. 명숙은 남편의 표정에서 단호한 결의를 읽었고 다음날 성국의 짐을 쌌다. 성국과 함께 한 십오 년과 혼자 남아 살아온 십 년을 헤아리니 이십오 년의 시간이 아무 의미 없이 지나가버린 듯해서 명숙은 헛헛했다. 명숙에게 성국과의 시간은 인생의 정점이었고 그 후 혼자 남은 날들은 잃어버린 시간이었다. 지나간 시간은 황무지였고 언덕 위의 마른 바람이었다.

커피포트에 물을 끓여 일회용 커피를 타 마시고 명숙은 무얼 할까, 고심하다가 세수를 하고 옷을 갈아입는다. 욕실 세

면대 거울에 비친 몰골이 잠을 설쳐서 얼굴이 푸석거렸다. 명숙은 골목을 따라 성당을 향해 걸어간다. 성국과 함께 걸어다닌 그 길이었다. 건물이 들어서기는 했으나 옛길은 남아 있었다. 골목 안에 기도원 간판이 두 개, 암자가 한 개, 무당집 하나가 간판을 달고 있었다. 오층 빌라 건물 일층은 기둥만 세우고 주차장으로 금을 그어 놓았는데 그런 건물이 대여섯 동은 되었다. 골목 양쪽으로 승용차들이 빽빽하게 주차되어 있어서 차량 한 대가 간신히 지나다닐 수 있었다. 승용차가 오면 옆으로 멀찍이 비켜서서 기다렸다가 걸었다. 명숙은 주변을 살피며 천천히 성당 가는 길을 찾아 갔다. 옛 신작로는 폐쇄되어 주차장이 되어 있고 가드레인 옆으로 4차선 도로가 나 있다.

성당은 공사 중이다. 성당 마당 한쪽 귀퉁이에 건축 자재가 쌓여 있고 성모동산을 새로 만드는 중이다. 성모상이 서 있던 자리는 예수 성심상이 두 팔을 벌린 채 서 있고 성모 동산은 그 옆에 새로 꾸미고 있다. 예수 성심상 앞에 촛불을 봉헌하는 유리관이 있고 그 안에 색색의 촛불이 유리컵에서 흔들린다. 작은 초는 천 원, 큰 초는 이천 원이라고 씌어 있어서 이천 원을 유리관 밑 궤짝 틈새에 넣고 촛불을 켠다. 초에 불을 붙이며 누구를 위해 촛불을 봉헌할까 하다가 아무런 생각이 나지 않아서 그냥 불을 붙이고 화단 앞 나무 의자에 주저앉는다. 단정한 옷으로 차려 입은 중년 부부가 성경책을 들고 마당에 들어선다. 그 뒤를 이어 또 다른 부부가 계단 앞으로 다가오는데 낯이 익은 얼굴이다. 희끗거리는 머리카락, 감색 양복에 미소 짓는 얼굴, 부부 모임을 같이 했던 성국의 친구 부부다. 명숙은 혹시 그들이 알아볼까봐 모자를 눌러쓴다. 그 뒤에도 낯이 익은 부부를 만나며 긴 시간 신앙을 놓치지 않고 꼭 움켜쥐고 그 세월을 살아낸 그들이 놀랍기만 하다.

유리창이 가까운 자리에 앉아 있는데 검은 수단을 입은 사제가 고해실로 들어가더니 고해실 벽에 전등불이 켜진다. 명숙은 고해실 문을 열고 들어간다. 언제 고백성사를 봤더라. 십 년, 이십 년…… 그 기억마저도 가물가물하다. 명숙은 무엇부터 말을 해야 할지 막막하다. 사제는 끈기 있게 기다려준다.

"제 인생이 실종되었습니다."

"……."

"남편이 떠날 때 붙잡지 않았습니다."

"……."

"제 안에 깊은 슬픔이 들어차서……기쁨이 뭔지 잘 모릅니다. 남편을 원망하거나 분노하거나 하는 것보다 문제는…… 제 과오 때문인가, 그런 자책감으로 괴롭습니다."

"……."

"제 잘못인가요?"

"……."

"이 밖에 알아내지 못한 죄에 대하여도 통회하오니 사하여 주십시오."

"자매님은 잘못이 없습니다."

그 말이 귀에 들어와 박힌다. 사제가 한참 말을 하는데 무슨 내용인지 귀에 들어오지 않는다. 명숙은 감정이 북받쳐서 감사합니다, 하고 일어서는데 사죄경(赦罪經)을 듣고 가셔야죠, 하는 고해 신부 목소리에 정신이 번쩍 나며 도로 의자에 주저앉는다.

치열하게 보낸 삼십대와 사십대, 그 시기를 뺀 명숙의 인생에서 남은 건 없었다. 추억도 기억도 모두 사라지고 늙어버린 몸과 위축된 마음만이 남아 있었다. 한때 아들아이를 키우며 남자와 미래를 꿈꾸던 시간이 있었다. 돈을 벌어 집을 사고 자식을 가르치고 늙으면 예쁜 집을 지어 찾아오는 손주들을 맞이하고 요리를 하여 나누어 먹는 그런 꿈을 꾸었다. 남들처럼 그냥 그렇게 소박한 꿈을 꾸었다. 지나간 나날들을 함께 추억하고 나눌 사람이 없다는 사실에 명숙은 우울했다.

미사가 끝나고 성당에서 나오는데 머리를 뒤로 묶은 중년 여자가 아는 척 인사를 한다. 누군지 기억이 나지 않아 낙담한 명숙에게 환한 미소를 짓던 여자는 현대 4차 아파트 구역장이라고 한다.

"아, 네에."

명숙은 그제서야 그녀 얼굴에서 지나간 시절의 그림자 하나를 건져 올린다. 귓불이 유난히 복스럽게 생긴 여자였다. 구역장이 인사할 때 현대 4차 아파트 구역장이라고 현재 진행형으로 인사해서 명숙은 그 부분을 곰곰 따져보는데 눈치를 챈 여자가 지금도 구역장을 하고 있다고 말하며 밝게 웃는다. 명숙이 따라 웃으며 아, 그랬군요, 하고는 그녀의 귓불을 다시 쳐다본다. 변함없이 도톰하고 길쭉하고 복스럽게 생겼다.

"지하식당에서 국수 드시고 가세요."

구역장 여자가 명숙의 소맷자락을 붙잡고 잡아끈다. 마땅히 할 일도 없고, 점심을 혼자 먹어야 해서 못 이기는 체 따라간다. 강당 규모의 지하 식당은 사람들로 혼잡하다. 구역장 여자가 빈 의자를 찾아 명숙을 앉히고는 잔치국수 두 그릇을 갖고 온다. 4인용 식탁마다 배추김치와 깍두기가 놓여 있다. 명숙이 국수를 먹는데 구역장 여자가 힐끔거리며 살펴보더니 더 갖다 드릴까요, 한다. 명숙이 황급히 손을 내저으며 충분하다고 말하고는 고개를 숙인 채 국물을 떠먹는다.

"점심식사 후에 시간 있으세요?"

명숙은 커피 한잔 하자고 그러나 보다 싶어서 차 한 잔 사주려고 시간 있다고 대답한다.

"그럼, 저와 같이 잠깐 환자 방문 하는데 같이 가시죠."

구역장 여자가 환하게 웃더니 명숙의 대답을 기다리기도 전에 결론을 내버린다. 명숙은 과거 그녀와 같이 환자 방문을 하고 기도를 해주던 일들이 동강나지 않고 이어지는 느낌에 사로잡힌다. 구역장 여자는 오랜만에 만난 이웃을 잊어버린 듯이 마치 예전에 함께 환자 방문을 다니던 시절로 착각한 듯하다.

"밖에서 기다릴 게요."

명숙은 먼저 일어나 건물 밖으로 나온다. 엷은 가을 햇살이 흰 건물 벽에 무늬를 그리며 일렁이는 정경에 눈이 부시다. 성당 마당에 아득히 서 있는 다리가 보인다. 육지에서 섬으로 이어지는 다리는 안개에 싸인 듯 보였다가 멀어진다. 명숙은 눈을 끔벅거린다. 잿빛 갯벌이 드넓게 펼쳐진 채 가물거린다. 육지와 바다의 경계 어디쯤 보였다가 사라지는 다리처럼 명숙은 자신의 삶이 들려 있는 듯해서 자꾸 눈을 비비며 앞바다를 바라본다.

"오래 기다리셨어요?"

"아, 아니에요."

구역장 여자가 쾌활한 목소리로 명숙 옆으로 다가와 선다. 그녀에게서 생동감 넘치는 바람이 펄럭 넘어와 명숙의 몸을 휘감는다. 명숙은 구역장 여자를 따라 성당을 나선다. 촘촘한 골목을 지나 차들이 달리는 도로를 건너 언덕으로 향하는 초입에서 구역장 여자는 잠시 숨을 고르며 무릎이 아파서 걷는 것도 이제는 힘들다고 말하고는 다시 또 앞장서서 걸어간다. 언덕 양쪽으로 공들여 지은 듯한 카페 건물과 한식당이 있고 넓은 잔디가 깔린 개인 주택이 드물게 자리 잡고 있다. 명숙은 숨이 차서 잠시 걸음을 멈춘다. 멀리 갯벌과 바다가 경계를 허문 채 은회색으로 펼쳐진 정경에 눈이 부셨다.

"힘드셨죠, 이제 다 왔어요."

구역장 여자가 오층 건물 앞에 서서 환히 웃는다. 그 웃음이 밝아서 명숙은 따뜻한 안도감이 몰려온다. 입구에는 나무 푯말이 세워져 있고 '희망병원'이라고 씌어 있다. 현관 전면에 커다란 글씨로 '희망병원'이라는 암각된 간판을 올려다본 명숙은 구역장을 따라 안으로 들어간다. 현관 입구에서부터 소독약 냄새가 은은하게 떠다녔다. 복도 양쪽으로 병실이 있고 가운데쯤 간호사실이 있다. 구역장 여자가 간호사실을 향해 밝게 인사를 건네고는 병실 안으로 들어간다.

환자 특유의 쿰쿰한 냄새가 훅 코를 찌른다. 구역장 여자가 쾌활한 목소리로 안녕하세요, 그러고는 창가 쪽 침대로 다가가 선다. 명숙은 구역장 여자 뒤에 멀찍이 서서 주변을 조심스럽게 살펴본다. 4인실 병상에는 말라서 거죽만 남은 남자들이 모로 누워 있고 링거 병이 달린 폴대가 각각 세워져 있다. 소리 없이 떨어지는 링거액과 숨소리 하나 없이 조용한 병실에 텔레비전 소리만이 웅웅거렸다.

"마티아 씨, 몸은 좀 어떠세요."

구역장 여자의 말에 모로 누워 있던 남자가 천천히 손을 내젓는다. 명숙은 순간 자기 귀를 의심했다. 마티아. 분명 그 세례명은 아득한 기억 속 안개를 뚫고 순식간에 명숙의 귀에 와 꽂혔다. 명숙은 침대에 누운 남자 옆으로 몇 발짝 다가서서 살폈다. 그러나 옆으로 누워 있어서 구부정한 등허리와 가슴께를 덮은 푸른 담요만이 눈에 들어올 뿐 구별이 잘 가지 않았다.

명숙은 침대 끝에 걸린 남자의 신상 정보를 천천히 입속으로 되뇌어본다. 이름 김성식. 나이 57세……. 명숙은 이름과 남자를 번갈아 내려다보다가 그의 나팔꽃 같은 귀에 시선이 멈췄다. 오래전, 한 남자를 가슴에 품었을 때 명숙은 유난히 큰 그의 귀를 만지며 나팔꽃을 닮았다고 속삭인 적이 있었다. 귀가 작은 명숙은 때때로 남자의 큰 귀를 만지작거리며 꼭 반만 섞었으면 좋겠다고, 그녀의 귀와 바꾸자고 말하곤 했다. 명숙은 내복 위로 어깨선이 드러나는 남자의 비쩍 마른 얼굴과 몸집에 비해 귀만은 오므라지지 않고 동그랗게 핀 나팔꽃 같다고 생각했다.

구역장 여자가 성수를 뿌린 후에 기도를 시작했다. 하늘에 계신…….

남자가 몸을 뒤척여 구역장 쪽으로 돌아누우려 애를 쓰는 동안 명숙은 뒤돌아서서 병실을 나와 버렸다. 열려 있는 복도 뒷문으로 나가자 돌을 쌓은 담이 가로막혀 있다. 담장 뒤로는 연두색 펜스가 둘러쳐져 있었다. 멀리 산중턱 칠부 능선쯤 전면이 유리창으로 된 저택이 보이고 저택 옆으로 암자의 5층 석탑이 보였다. 풍경 소리가 아련히 들려왔다.

명숙은 심호흡을 하고 정신을 차린 다음 희망병원에서 나와 종종걸음으로 걷기 시작했다. 오르막은 길고 멀었다. 그 길이 어디로 가는지도 모르는 채로 명숙은 길을 따라 걸었다. 숨이 턱에 닿을 즈음 휴게소가 보였다.

휴게소의 전면 유리문을 통해 멀리 갯벌이 보였고, 해안에 인접한 도시의 지붕들이 낮거나 길쭉하게 엎드린 풍경은 멀리 있는 삶이 평탄해 보이듯이 평화로움이 감싸고돌았다. 얼음 조각이 둥둥 뜨는 키위주스를 마시는데 목이 따끔거렸다. 차가운 것은 날카로운 법이다. 음료이건 사람이건 차가운 것은 날카롭게 몸을 찌르거나 베이게 한다. 예전의 그가 그랬다. 차가운 그의 표정은 명숙의 가슴을 날카로운 물체로 베듯이 지나가는 듯했고 가슴 깊숙이 통증을 가져다주었다.

휴게소 옆 전망대에는 멀리 이웃 도시의 경계와 해안선을 따라 바닷물이 서서히 밀려오는 게 보였다. 산등성이에 세운 배 모형의 건축물도 눈에 들어왔다. 산자락 저택 유리창에 햇빛이 반사되어 출렁거렸다. 모든 것들이 그대로인데, 모든 것들이 제자리인데 명숙의 시간만이 구부러지고 휘어지며 어렵게 언덕을 오른 느낌이었다.

저녁밥을 굶고 쓰러지듯 곤하게 잠들었다가 깨어나니 새벽 2시였다. 눈을 감고 다시 잠들려고 해도 낮의 장면이 자꾸 시야를 어지럽혔다. 명숙은 일어나서 베란다 창문을 열고 차가운 바람을 들이마셨다. 밤새가 울었다. 배가 고픈지 속이 헛헛했다. 창문을 닫고 명숙은 사과를 껍질째 베어 먹었다. 사과 껍질을 오래오래 씹어 먹었더니 턱이 아팠다. 하루 종일 식당일을 할 적에는 자리에 눕기가 무섭게 잠이 들었는데 일손을 놓았더니 밤에 잠을 잘 이루지 못했다. 일을 안 하는 만큼 손가락과 허리와 어깨에 통증이 도졌다. 몸도 바쁜 것을 아는지 일할 때는 심각하게 아픈 줄을 모르다가 일을 안 하는 순간부터 삐걱거렸다. 여기저기 온 몸이 쑤셔댔다. 물리치료를 받으러 다니는 동안 뭘 하긴 해야 하는데 무얼 해야 할지 막막했다. 재봉질을 배우려니 시력이 문제였고 목공예를 하려니 기력이 딸렸다.

동이 틀 무렵 명숙은 다시 이불 속에 누웠다. 머리가 아파서 잠을 좀 더 자둬야 할 것 같았다. 눈을 붙이려는데 병실에서 본 그의 몰골이 떠올라 잠을 잘 수가 없었다. 명숙은 다시 일어나 커피를 끓여 마시고 외출 채비를 한다.

희망병원 병실 문은 열려 있고 환자들이 아침 식사를 하느라 수저 소리가 들렸다. 명숙은 복도에 서서 식사 시간이 끝나기를 기다렸다. 열린 문으로 보니 김성식은 입맛이 없는지 몇 수저 뜨다가 숟가락을 놓고는 밥그릇과 반찬 그릇 뚜껑을 닫는다.

"안녕하세요, 기도해 드려도 될까요?"

김성식은 명숙을 힐끗 쳐다보더니 드러누워 버렸다. 다시 한 번 명숙이 침대 가까이 다가서서 말을 걸었지만 김성식은 유리창 쪽으로 돌아누워 버렸다. 명숙은 순간 그 자리에 자신이 서 있는 이유를 잊어버렸다. 여기까지 왜 왔는지 자신도 알 수가 없었다. 어딘가에서 본 듯한, 만난 적이 있는 듯한 남자였다. 혹시, 우리 전에 만난 적이 있던가요? 명숙은 그 말이 입밖으로 튀어나오려는 것을 꾹 눌러 참았다. 김성식은 같은 자세로 누워 명숙을 쳐다보지 않았다. 한 시간째 마네킹처럼 그러고 있다.

어느 순간 김성식이 눈을 뜬다. 미동도 안하고 그의 침대 옆 보호자 의자에 앉아 있던 명숙과 김성식의 눈이 마주친다. 김성식의 눈동자에 미세한 경련이 일어나며 입술을 움직여 뭔가 말을 하지만 명숙의 귀에 들리지 않는다. 명숙이 김성식의 얼굴 가까이 자신의 귀를 바짝 대고는 귀를 기울인다.

"당신, 누구요. 불편하니 꺼져요."

김성식의 입에서 나온 한마디. 명숙은 벌떡 일어나 앉았다. 오래전 남자가 명숙을 떠날 때 했던 말, 당신이 불편하다던 그 말이 죽음을 앞두고 병상에 누운 그의 입에서 흘러나오고 있다. 한때는 서로에게 탐닉하며 좋은 시절을 보낸 날들도 있었다. 처음부터 두 사람 사이가 나빴던 건 아니었다. 열정적으로 만났고 함께 늙어가는 모습을 바라봐주기로 약속하며 미래를 꿈꾸기도 했었다. 멀리 언덕 너머의 세상처럼 그들이 함께 이루고 꿈꾸었던 목표가 상실되며 방황할 때조차도 명숙은 한순간일 거라고 기대를 저버리지 않았다.

세상에는 예견치 못한 일들이 종종 일어난다. 먹고살 만하니까 힘들었던 과거를 잊고 싶었던 걸까. 술을 못하는 사람이 간암에 걸렸다거나 담배를 피우지 않는 사람이 폐암에 걸렸다는 일들이 세상 한 귀퉁이에서 일어나고 있었다.

"제가 방해했나요."

명숙은 김성식의 말투에서 분노의 흔적을 읽어 낸다. 명숙은 조용히 일어나 병실을 나왔다. 혼란스러운 기억이 명숙의 머릿속을 어지럽혔다. 명숙은 정신없이 걸어 숲의 초입에 당도해서 뒤를 돌아다본다. 도시의 지붕과 건물들이 뒤죽박죽 복잡하게 얽혀 있는 풍경이 흐릿하게 눈에 들어온다. 숲속으로 난 길에는 입구에서부터 데크가 깔려 있다. 평탄한 오르막인 데크 길을 걸으며 삶도 이렇게 평탄한 오르막이었다면 한 번 살아볼 만했을 텐데, 김성식이든 어떤 인간이든 붙들고 덩굴식물처럼 한 세상 뒤엉켜 살았을 텐데, 지나간 시간은 어디로 갔나, 명숙은 나무의자에 주저앉아 울음을 터트린다. 명숙의 울음만이 스산한 바람 소리에 섞여 허공에 흩어진다. 실컷 울고 난 명숙이 울음을 멈추고 하늘을 쳐다보는데 나뭇가지 사이로 푸른 하늘이 보인다. 어디선가 베사메무초 음악이 들려온다. 나뭇가지가 심하게 떨고 있다. 명숙은 속으로 베사메무초 음률을 따라 부른다. 돌아보면 아무것도 아닌, 소소한 일상의 반복인 세월이었다. 그냥 노래 한 소절 부르면 될 그런 나날이었다.

야간 산행

야간 산행

발가락이 쓰려 왔다. 어제 오후 무리하게 걸어서였는지 이른 아침 민박집을 나설 때부터 따끔거리더니 바늘로 찌르듯이 통증이 느껴졌다. 저만치 앞서 걷던 그가 돌아본다. 내 표정이 심상치 않음을 느꼈는지 그가 되돌아온다. 곤혹스러움과 미안함, 상반된 감정이 교차하며 괜찮다고, 먼저 가시라고 천천히 따라가겠다고 말하는데 그는 들은 척 만 척 다가온다.

"괜찮아요? 어디 봐요."

그가 배낭을 바닥에 팽개치고 가까이 다가와 내 팔을 잡는다. 나는 가볍게 그의 팔을 밀쳐내고 허리를 구부린 채 등산화를 벗는다. 그가 무표정한 시선으로 바라보고 있다는 것을 느끼며 나는 천천히 양말을 벗어놓고 발가락을 움직여본다. 새끼발가락과 네 번째 발가락이 꼭 붙어서 진물이 흘러내린다. 그가 자신의 배낭을 열더니 구급약품을 꺼내어 펼쳐 놓는다. 누군가로부터 관심의 초점을 받는다는 게 낯설다. 그는 익숙한 솜씨로, 오래전부터 그 일을 해왔다는 듯이 핀셋으로 약솜에 소독액을 묻혀 발가락 주변 부위를 닦아 내고 다시 마른 솜으로 물기를 제거한 뒤 연고를 바른 후 반창고를 붙여준다.

"반창고로 꽉 동여매줘야 재발하지 않아요."

그의 말을 들으며 발가락을 꼼지락거려 본다. 양말을 신고 등산화를 다시 고쳐 신으며 끈을 바짝 조였다.

"떡 본 김에 고사 지내랬다고 엎어진 김에 잠깐 쉬어 가죠."

그는 내 의견은 묻지 않아도 된다는 듯 초콜릿을 꺼내 조각을 내어 나누어준다. 그에게 고맙다는 말을 건네고는 초콜릿을 입에 넣고 오물거린다. 그가 일어서서 몇 발자국 걸어가더니 돌아서서 오줌을 눈다. 그의 등을 바라보며 남자라는 종(種)은 참 편리한 몸의 구조를 가졌다는 생각을 한다.

어제 숙소에서 그를 만났을 때 솔직히 처음에는 알아보지 못했다. 그가 반갑다고 손을 내밀어 악수를 청할 때까지만 해도 의아한 시선으로 쳐다보았으니까. 우리 개울 건넌 것 기억 안나요? 그가 말했을 때에야 삼 년 전 여름의 기억이 떠올랐다. 그 무렵 도보 여행을 시작한 건 기관지가 도져 기침이 서너 달씩 멈추지 않아 나로서는 궁여지책으로 길을 나섰다가 우연치 않게 기침이 멎었고 그 효능이 신비스러워 그 길로 쭉 틈만 나면 걷고 있는 중이었다. 지리한 장마가 이어졌고 폭우가 쏟아진다는 기상 예보에도 길을 나섰고 그리고 그를 만났다. 곳곳에서 공사가 진행 중이었다. 폭우가 지나간 길은 물이 넘쳐 길을 덮어버렸고 개울은 물이 불어나 안내 지도대로 갈 수가 없는 상황임에도 신발을 벗어 들고 바지를 걷어붙였다. 작은 개울을 건넌 후 오백여 미터 거리를 가다가 다시 큰 강을 만났을 때 난감하여 하염없이 강 건너 마을을 쳐다보던 중이었다. 인기척을 느껴 돌아보자 턱수염이 덥수룩한 젊은 남자가 옆에 와서 말을 건넸다. 나이는 분간이 안됐다. 오십 초반쯤으로 보였으나 그것도 분명하지 않았다.

"제가 먼저 건너갈 테니 뒤따라 오세요."

"……."

"조금 전 작은 개울을 건너셨죠? 저도 건넜거든요."

"아, 네."

"기다려 보세요."

"위험하지 않을까요."

"위험이 지나간 뒤에는 기쁨이 따르죠."

그가 아무렇지 않게 말하며 강둑 아래로 내려갔다. 그는 배낭을 바닥에 내려놓고 등산화를 벗더니 바짓가랑이를 허벅지 근처까지 끌어올렸다. 그가 스틱을 잡고 성큼성큼 수풀 사이로 한 걸음씩 내디딜 때 나는 조마조마한 마음으로 지켜보았다. 그가 성큼 내딛지 못하고 얕은 물에 서서 점점 불어나는 물살을 바라볼 때 건너편 강마을 노인들 몇몇이 길 옆 정자에서 일어나 이쪽 상황을 주시하고 있었다. 조금 후 노인들이 뭐라고 소리쳤다. 팔을 휘두르며 소리를 지르는데 들리지 않았다. 분위기를 보아 위험하다는 신호 같았다. 그가 다시 한 발을 내딛으려는 찰나 나는 그만 가지 말아요! 소리치고 말았다. 그가 돌아보았다. 그가 흰 치아를 드러내며 웃었다. 나는 자신도 모르게 깊은 한숨을 내쉬었다. 왜 그런지 나도 몰랐다. 가지 말라니, 도대체 왜 그런 말을 했을까. 그는 더 이상 나아가지 못하고 뒤돌아서더니 다시 큰 걸음으로 돌아 나왔다.

"장난 아니네. 생각보다 깊어요."

"물살이 세 보였어요."

호기롭게 건너겠다고 나서던 조금 전 태도를 자신도 기억했는지 쑥스러운 말투로 혼잣말하듯 내뱉으며 축축해진 바짓가랑이 물을 짰다. 솔직히 실망스럽기는 했다. 허벅지 위 엉덩이까지 바지가 젖을 듯싶었지만 굳이 마음먹고 건넌다면 못 건널 상황은 아니었다. 그는 자신도 멋쩍은지 계속 물살이 엄청 세다는 말을 반복했다. 오던 길을 되돌아가 작은 개울을 다시 건너 먼 길을 돌아가야 했다. 그와 나는 얼떨결에 동행이 되어 오백여 미터 떨어진 길을 되돌아가 개울을 건너고 개울 중간쯤에서 서로 각자의 스마트폰으로 사진을 찍어줬다. 트럭이 먼지를 뿌리며 지나다니는 도로를 걸어가자

니 흙먼지가 코로 입으로 들어왔다. 그는 앞서서 걷다가 잠시 멈춰 서서 기다려주기도 했다. 그의 발걸음을 따라 가다가 문득 숨이 가쁜 느낌이 들며 내 행동이 부자연스러워졌다. 뭔지 모를 이물감이 나를 감싸고돌았다.

"저기요."

그가 돌아보았다.

"먼저 가세요. 저는 천천히 가려고요."

내 말에 그가 잠시 망설이는 듯하더니 고개를 까닥 하고는 돌아섰다. 그의 등에 매달린 배낭 무게가 만만치 않아 보였다. 금세 그가 보이지 않았다. 멀리 고개를 쳐들고 보니 산자락 골짜기로 걸어가는 그의 모습이 보였다. 비로소 안도의 숨을 몰아쉬었다.

그의 모습을 쉽게 알아보지 못함은 수염 때문이었다. 면도를 해서 말끔해진 그는 이전의 텁수룩한 모습과는 달라져 있었다. 생수 한 모금을 마신 그가 등산화 끈을 다시 조였다.

"저 신경 쓰지 마시고 먼저 가세요."

"왜요. 같이 가면 안 되나요."

"그냥, 민폐 끼치는 것 같아서요."

"상관 말아요. 예전에 혼자 놔두고 재를 넘어간 일이 두고두고 걸리더라고요."

"제 걸음이 워낙 느려서……."

"괜찮아요. 좀 느리면 어떻습니까. 조금 빨리 간다고 가도 제 자리를 맴도는 게 인생인데요, 뭐."

"그래도……."

그의 대답에 기분이 나쁘지는 않았지만 두 가지 감정이 교차했다. 홀가분한 자유로움을 속박당하는 느낌과 부담스러움이었다. 내 보폭에 맞추려는지 그의 발걸음이 느려졌다. 새가 놀라 날아가는 소리가 들리고 풀벌레 소리도 뚝 그쳤다가 이어졌다. 이깔나무 잎사귀가 누렇게 물이 들어가고 굴참나무 이파리가 도르르 잎을 만 채 툭툭 떨어져 뒹굴었다. 키 큰 나무에서 뻗어나간 나뭇가지 사이로 푸른 하늘이 보였고 흰 뭉게구름이 높이 떠 있었다. 숲은 어두웠다. 코끝에 솔향이 짙게 풍겨왔다. 맑은 기온은 얼마 전까지 습기로 가득하던 숲을 말리며 가벼워져 가고 있었다. 나뭇잎이 말라가는 향과 도토리가 툭툭 떨어지는 소리, 바람이 잎사귀를 스치며 흔들리는 소리가 간간이 났다. 꽤 알려진 걷기 구간인데도 인기척이 없었다. 백두대간 능선에 오직 그와 내가 마른 나뭇잎을 밟는 소리만이 흩어졌다.

고도가 높아지며 산이 가팔라졌다. 가쁜 숨을 쉬는 내 숨소리가 크게 들렸다. 그는 무거운 배낭에도 발자국이 가벼워 보였고 숨소리조차 나지 않았다. 대단한 체력이었다. 첫 번째 능선에 올라서자 그가 뒤돌아보며 쉬었다 가자고 말했다. 나는 조금 떨어진 자리에 다리를 뻗고 앉아 생수병을 꺼내 물을 마셨다. 그는 맥가이버 칼로 생밤을 까서 입에 넣었다. 숲에서 주운 생밤은 작고 단단했다. 그가 다시 밤 껍질을 벗기더니 나에게 내밀었다. 내가 됐다고 괜찮다고 하는데도 그는 계속 먹으라고 채근했다. 할 수 없이 그의 손바닥위에 놓인 생밤을 가져와 조심스럽게 입에 넣었다. 십여 분이 지나 그가 일어나서 앞서 걷기 시작했다. 나는 나무 뒤에서 오줌을 누고 천천히 따라간다.

"도토리가 정말 예쁘지 않아요? 우리 어머니가 도토리무침을 잘했는데……."

도토리를 주워 바지주머니에 넣는 그의 동작이 불안정하게 시야에서 흔들린다. 그가 허리를 숙일 때마다 짊어진 배낭 무게가 한쪽으로 쏠리면서 몇 번이나 다리가 휘청거린다. 배낭 무게는 십오 킬로 남짓 돼 보였다. 야영 장비 무게는 만만치 않았다. 그의 양쪽 바지주머니가 불룩해졌다. 무거운 등짐을 지고도 끈질기게 도토리를 줍는 그를 이해할 수 없어서 나는 아무 말 않고 조용히 걷기만 한다. 굴참나무 군락지는 이따금 나타나는 멧돼지 똥을 제외하고 끊임없이 이어졌다. 길옆에 얕은 구덩이를 파고 나란히 똥을 싸고 사라진 멧돼지 가족의 흔적을 보며 걷노라니 볼에 땀이 흘러내린다. 등이 축축해지며 뜨거운 열기가 올라온다. 정수리에서 흘러내리는 땀방울, 화끈거리는 볼, 안경알에 김이 서린다. 모자를 벗어 배낭 끈에 매단다. 계곡물 소리는 초입부터 계속 따라왔다. 물소리가 들리는 것으로 보아 아직 정상까지는 묘연하다. 그가 배낭을 내려놓더니 주머니에 든 도토리를 꺼내어 비닐에 담아 갈무리해 배낭 안에 넣는다. 그가 다시 걷자 나도 모르게 도토리를 줍는다.

"이것 봐요. 요렇게 뺀질뺀질 잘 생긴 놈을 어떻게 그냥 두고 갈 수 있어요. 썩을 판인데."

"다람쥐나 멧돼지가 먹잖아요."

"에이, 걔네가 이 많은 걸 어찌 다 먹어요. 널린 게 도토린데."

"힘들지 않아요? 꽤 무거워 보이는데."

"힘든 건 힘든 거고, 즐거운 건 즐거운 거죠."

"네에."

"고생스럽지만 고생이 고통은 아니잖아요."

"……."

그가 다시 배낭을 짊어지고 걷는다. 그의 말이 콕 박히며 가슴이 먹먹해져 온다. 한때 사랑, 열정, 욕망 이런 말들에 거침없이 매몰된 적이 있다. 내 열정만으로 한 사람의 무딘 심장을 뜨겁게 덥힐 수 있으리라 믿었던 날들. 합기도 도장에서 만난 민은 말끔한 인상이었다. 연습생을 상대로 시범을 보일 때 다리를 쭉쭉 뻗는 민의 자세를 황홀하게 바라보던 나는 그날부터 당장 접수를 하고 호신술을 배우러 다녔다. 회사 동료와 같이 갔다가 동료는 사정이 생겨 중도에 그만두고 나만 민의 개인 지도를 받았다. 유리문을 밀고 도장에 들어서면 검은 도복을 입고 단전호흡을 하는 민의 반듯한 뒷모습이 언제나 나를 맞았다. 곧은 등과 날렵한 동작과 꼿꼿한 자세는 회식문화에 찌든 동료의 기름기 가득한 모습과는 어딘가 달라보였고 신선해 보였다. 도장이 쉬는 날 연습을 핑계로 나갔다. 텅 빈 도장에 민 혼자 있었다. 민은 땀을 흘리며 연습에 열중하고 있다가 나를 보고 다소 놀란 것 같았다.

"어쩐 일이세요. 오늘 쉬는 날인데."

"별로 할 일도 없고 해서……. 연습하러 나왔죠."

"그럼 연습하세요. 저는 볼 일이 있어서."

"네? 저를 지도해 주셔야죠."

"오늘 쉬는 날인데요."

"그걸 누가 모른데요? 수강료 더 내라면 낼 게요."

민이 멀거니 쳐다보다가 할 수 없다는 듯이 한두 가지 동작을 가르쳐주고는 옷을 갈아입고 나왔다.

"저 혼자 두고 가시게요?"

외출하려던 민이 난감한 표정으로 쳐다보았다.

"관장님, 그럼 수강료 대신 밥 살 게요. 저랑 점심 같이 해요."

"집에 가 봐야 되는데."

"집에는 왜요."

"어머니가 혼자 계셔서."

"어머니랑 점심을 항상 같이 먹나 보죠."

"어머니가 혼자 쓸쓸해하실까 봐."

"오늘만 혼자 드시라고 해요. 저, 남자한테 밥 사주는 거 처음이거든요. 얻어만 먹었지."

"그럼 오늘만 같이 하죠."

거의 사정하다시피 해서 민과 같이 간 곳이 순대국밥 집이었다. 민이 가끔 태권도 사범과 같이 가 본 집이라고 묻지도 않은 설명을 했다. 민은 합기도만으로는 도장 운영이 어려워 태권도 사범을 두고 어린이들을 지도하고 있었다. 여자랑 먹는 점심에 순대국밥이라니, 다소 불만스러웠지만 민의 그런 투박함이 좋았다. 민의 투박함이 남성다움에서 우러나는 매력이 아니라 무덤덤한 성격이라는 것을 알게 된 건 그와 결혼을 하면서였다. 결혼과 더불어 그의 장점으로 보였던 모든 태도가 걸림돌이 되어 결혼 생활의 장애로 나타날 줄 그때는 알지 못했다. 결정적으로 민에게 매료된 것은 그의 한마디였다.

"회사 일 힘들면 때려치우고 나한테 와. 내가 먹여 살리면 되잖아."

민의 한마디에 그에 관한 모든 허점이 무위로 돌아가고 그가 남자답게 달리 보이기 시작했다. 내가 만나 본 남자들이 맞벌이를 원하거나 여자의 경제력에 기대고 싶어 했는데 민의 태도는 의외였다. 인간은 얼마나 단순한가. 민의 말 한마디에 나는 그의 노예가 되기를 자처했고 결혼은 빠르게 진행되어 모든 문제들을 징검다리 건너듯 뛰어 넘어버렸다.

환상이 깨어진 건 모친과 함께 하면서였다. 민에 대한 과도한 모친의 집착, 나에 대한 견제와 감시와 멸시. 참을 수 없는 나날이 이어졌다. 민은 도장에 처박혀 집에 들어오지 않는 날이 늘어갔다. 극심한 스트레스로 나는 자주 복통을 앓았다. 신경성 위장 장애로 피부는 뾰루지가 돋고 소화 기능이 이상을 일으켰다. 민이 도장에 칩거하며 집에 발을 끊자 모친은 아들을 밖으로 돌게 한다고 내 탓이라고 몰아세웠다. 나에게 매혹으로 다가왔던 민의 남자다움, 말끔한 뒤태, 무덤덤한 성격이 무능함으로 바뀌는 순간이었다. 생활비를 제대로 갖다 주지 못하는 민의 도장은 파산 직전이었다. 아이들이 줄어들자 수입이 줄어들고 사범은 새로운 일자리를 찾아가버렸다. 태권도를 가르치는 사범이 없자 합기도 도장은 무거운 정적이 흘렀다. 임신을 계기로 회사를 그만둔 상태에서 그나마 받은 퇴직금은 금세 바닥이 났다. 몇 달 동안 내핍 생활을 하느라 영양실조가 왔다. 하혈이 심해 택시를 불러 타고 병원에 입원하려는데 보호자 사인이 있어야 한다고 했다. 민은 소식이 없었다. 병원에 누워 창밖을 내다보는 내 눈에 파란 하늘이 들어왔다. 흰 구름이 흩어지고 있었다. 내 열정과 꿈이 잘게 부서져 흩어지고 있는 것 같았다. 생활비 부족은 고생스러웠지만 내 고통의 핵심은 민이었다. 돈이 없는 게 고통이 아니라 민의 투박하고 무덤덤한 마음이 고통으로 나를 짓눌렀다. 민과 마음이 맞았으면 다시 시작할 수 있었다. 일자리를 알아보고 서로 다독이며 다시 일어설 수 있었다. 민은 나로부터 자꾸 도망쳤다. 병원에서 나와 도장으로 발걸음을 옮기는데 휘청 어지러움이 몰려왔다. 빈혈 증세가 심하다며 의사가 처방전을 내줬지만 약을 사먹을 형편이 안됐다. 도장문은 굳게 잠겨 있었다. 민이 가끔 시켜 먹던 근처 분식집에 물어보았으나 모른다고 했다. 어렵게 태어난 그 아이를 친정에 맡기고 혼자 이 일 저 일 가리지 않고 찾아 하던 시간이 방금 전 있었던 일처럼 선명하게 내 기억을 파고든다. 고통스러운 기억이다.

"투, 투둑."

도토리가 내 머리를 때리며 바닥에 흩어진다. 허리를 숙여 도토리를 줍고 있는데 그가 밥 먹고 가자며 계곡 쪽으로 길을 튼다.

그의 제안에 잠시 과거의 혼란스러운 기억에서 벗어난다. 그가 폭포수 소리가 세차게 들리는 계곡 쪽으로 길을 튼다. 뒤따라가던 나는 길에서 벗어나 물소리를 향해 조심스럽게 발걸음을 내딛는다.

"어디 너른 바위 있나 찾아봐요."

그가 뒤돌아보며 말한다. 그 표정에는 생기가 가득하다. 조금 후 폭포수가 쏟아지는 계곡 아래쪽에 흰색 암반이 눈에 들어오고 먼저 발견한 그가 배낭을 내려놓고 짐을 풀어 헤친다.

"밥을 해 드시게요?"

"그럼요. 이런 즐거움을 빼면 뭐 하러 생고생을 합니까. 내가 지은 밥 한번 먹어 봐요."

"저는 빵 사왔어요."

"에이, 조선 사람이 밥을 먹어야지 그깟 빵 갖고 힘을 쓰나요."

"저는 그냥 빵 먹을게요."

"어허, 고집 센 양반이로구먼. 산속에서 먹는 뜨거운 밥맛을 아직 몰라서 그래요. 쪼깨 기다려요. 금방 될 테니."

"……."

그의 기세에 눌려 슬그머니 꺼내려던 빵을 도로 집어넣고 양말을 벗는다. 물속에 발을 집어넣으니 차갑다 못해 시리다. 일분이 채 안 돼 손수건으로 젖은 발을 닦고는 양말을 다시 신는다. 그가 끓이는 김치찌개 냄새가 식욕을 자극한다. 수저로 국물을 떠서 맛을 본 그가 나에게도 찌개 국물을 권하며 맛 좀 보라고 한다. 됐다고 사양하다가 물러날 기세가 보이지 않아 조심스럽게 국물 맛을 본다. 가공한 돼지비계와 섞인 묵은 김치 국물 맛은 오감을 자극할 정도로 환상적이다.

"정말 맛있어요."

그 한마디에 그의 표정이 환해지며 서둘러 암반에 흰 비닐을 깔고 밑반찬을 꺼내어 놓는다. 김치찌개를 내려놓고 미리 씻어 놓은 쌀을 휴대용 가스버너에 올리며 그가 콧노래를 부른다. 영화 〈닥터지바고〉에 나오는 라라의 테마 음악이다.

"그 음악 저, 알아요."

"워낙 유명한 음악이죠. 오래 되어 영화가 다 기억나지는 않지만 추위를 뚫고 별장을 찾아가는 남자 주인공의 모습이 눈에 선하네요."

"그거 엄청 옛날 영화인데…… 나이를 짐작하기가 쉽지 않네요."

"아, 헛나이만 먹었어요. 너무 깊이 알려고 하지 말아요. 별로 득 될 게 없어요."

"지금 당장 끼니 덕을 보고 있잖아요."

그는 호탕하게 웃더니 코를 벌름거리며 밥 냄새를 맡아보고는 냄비째 바닥에 내려놓고 밥을 퍼준다. 빵을 네 끼니 먹다가 밥을 먹으니 온 몸의 세포가 들썩거리는 듯 감각 기관이 먼저 반응한다.

믹스커피를 타주며 그가 쳐다본다. 그 눈에 호기심이 가득하다.

"여자 혼자 산에 다니면 무섭지 않아요?"

"왜 안 그렇겠어요. 독하게 맘먹고 다니는 거죠."

"하긴 혼자 걷는 인물 치고 사연 없는 사람 없으니까요."

"사연 없어도 걸을 수 있죠."

"물론 그렇기야 하겠지만 엔간한 독기로는 높은 재를 못 넘죠."

"너무 겉만 보고 판단하는 거 아니에요?"

"사람이 불혹을 지나 지천명이 되면 눈 감고도 보이고 귀 막고도 들리고 세상 돌아가는 이치랄까, 순리랄까, 뭐 그런 게 쬐끔 보입디다."

"그러고 보니 우리, 서로 이름도 모르네요."

"골치 아프게 이름 알아서 뭐합니까. 인연 같은 것 함부로 만드는 거 아닙니다. 걷기 끝나고 돌아가면 우리 각자 깨끗이 잊읍시다."

"사람으로 인해 상처 받은 경험이 있으신가 보네요."

"그런 걸 왜 자꾸 물어봅니까."

"미안해요."

고개 숙여 진심으로 사과를 하자 이번에는 그가 가라앉은 목소리로 자기가 화를 내어 미안하다고 도리어 사과를 한다. 그의 말에 오히려 더 미안하고 당황스럽다. 어색해진 분위기를 추스르려는 듯 그가 돌멩이를 계곡물로 던졌고 자연스럽게 내 시선이 돌멩이를 따라간다. 짙은 초록 소(沼)에 파문이 일어나며 송사리 떼가 흩어지는 게 검은 점으로 보인다.

"사람으로 인해 상처도 받지만 위로도 받아요. 사는 거 뭐 별 거 있나요. 적당히 주고받는 거지."

"……."

"많이 살지는 않았지만 인생, 공평한 것 같아요. 이 나이에 깨달은 게 있다면 공짜는 없다, 라는 거."

"좋은 말씀처럼 들리기는 하는데 이해하기가 좀 어렵네요."

"아직 젊어서 그래요."

"젊,어,요? 제가?"

나도 모르게 웃음이 터져 나와 한바탕 웃고 나니 그가 의아한 듯 쳐다본다. 이른 갱년기 증상이랄까, 괜스레 열이 올랐다가 추워졌다를 반복하는 증세를 겪은 지도 서너 달이 지난 터다. 남들이 나이보다는 젊게 봐주는 게 좋기도 하면서 가꿀 줄 모르고 방치한 피부가 오히려 스트레스를 먹지 않아 이만큼이라도 젊어 보이나 싶다. 스킨과 로션 하나로 살아온 세월이다. 아들아이를 여동생이 사는 인도 국제학교에 보내고 매달 학비와 하숙비를 보내느라 내 몸 가꾸는 것을 잊고 살았다. 인도에서 국제학교를 졸업하고 미국으로 건너간 아들은 장학금을 받으며 대학과 MBA 과정을 마치고 다국적 회사에 취업했다는 소식을 끝으로 더 이상 연락이 없다. 저도 힘겨운 삶이었을 것이다. 일하는 엄마를 둔 덕에 제대로 간식이나 과외의 기회를 못 받고, 한창 예민한 사춘기에 이모 집 눈칫밥을 먹으며 산 세월이 얼마나 고단했을지 짐작이 간다. 아들이 잘 되어 어미를 잊고 살아도 괜찮다고, 자신만 행복하면 된다고 수없이 다짐하면서도 가끔 설명할 수 없는 외로움이 밀려든다. 아들을 떠올리자 기분이 울적해지며 가슴 안에 단단하게 뭉쳐진 덩어리가 울컥 치받친다. 앨범에서 아들의 사진을 찾아 뚫어져라 쳐다보면서도 그 아이에 대한 기억이 어린 시절에 멈춰 있다는 것을 깨닫는다. 성장한 청년의 모습을 도무지 기억할 수 없어 쓸쓸한 심경으로 뒤적이던 앨범을 덮는 일이 나날이 늘어난다.

"걷기도 중독이에요. 걷는데 인생 허비하지 말아요."

"……."

"나야 뭐 살만큼 살았고 현실로 복귀해도 반겨줄 사람도 없으니 길 위에서 생을 마무리 하는 것도 썩 괜찮을 거 같은데 댁은 길 위에서 보내기에는 아까운 청춘인 거 같아서 말이죠."

그가 먼 골짜기를 쳐다보며 체념한 듯 말한다. 그의 시선을 따라 나도 멀리 능선과 그 능선을 타고 오르내리는 골짜기를 바라본다. 수많은 이야기와 생명을 품어 안고 그 자리에 웅크린 대자연의 자태가 나를 초라하게 만드는 것 같다. 곧고 길게 뻗은 침엽수림 지대를 지나올 때도 그런 의문이 들었다. 몇 백

살은 돼 보이는 아름드리나무에 비해 고작 백 년도 못 사는 인간의 수명으로 얼마나 무수한 사연을 만들며 힘겨운 발버둥을 치는지, 인고의 시간을 견딘 나무를 보며 든 생각이다.

“길 위에서 생을 마친다는 말이 슬프게 들리네요.”

“지상에서 사라지는 인간의 운명은 똑같아서 하는 말이요.”

“그래도 홀로 생을 마감한다면 슬플 것 같아요. 외롭기도 하고요.”

“인생은 외로움을 동반자로 살아가는 존재인데 너무 심각하게 생각하지 말아요.”

“생을 달관한 분 같아요. 얼마나 자기단련을 하면 그런 경지에 이르죠?”

“알고 보면 나처럼 못난 놈도 없어요. 멀쩡한 가정 박차고 나와 이러고 다니니 죽어도 싸요. 아내는 좋은 사람이었어요. 나처럼 소심하고 못난 놈 만나 고생만 했죠. 내가 여자 문제로 아내에게 들켰을 때 그녀가 뭐라 했는지 알아요?”

“…….”

“덮어주겠다고 돌아오라고 하더라고요.”

“정말 좋은 분이네요.”

“그렇죠, 근데 그 말에 기가 질려서 도저히 집으로 들어갈 수가 없었어요. 차라리 악다구니를 쓰면서 죽일 놈 살릴 놈 했으면 싶더라고요.”

"아마도 부인은 자존심 때문에 그랬을 거예요. 아니면 남편을 지독히 사랑했거나."

"농담이라도 오빠, 소리 한 번 해보라고 하면 아내는 죽었다 깨도 그 소리를 못해요."

"부인이 상처가 컸겠어요. 그런데도 받아주다니."

"도량이 넓은 여자였죠."

그가 멀리 산등성이를 바라보며 과거를 회상했다. 좋은 아내였다고 말하면서도 가정을 박차고 나와 떠도는 그가 이해되지 않았다.

"인생은 참 알 수가 없네요."

"알 수 없으니까 인생이죠."

그가 농담처럼 한 말인데 그 순간 그 말이 가슴 깊이 날아와 박혔다. 남자답고 순수해 보이던 민의 매력이 결혼과 동시에 어리석고 둔감한 상태로 보이던 날들은 지루하고 건조했다. 내 발등을 내가 찍은 셈이어서 누구에게도 하소연을 못하고 속앓이를 하며 살았다. 좋은 아내와 철부지 남편, 열정적이고 능동적인 나와 투박한 민과의 사이에 알 수 없는 인생이 놓여 있다. 마치 복불복처럼.

그와 동행하면서 마음속 갈등을 잠재운 것은 산행을 한다는 사실이었다. 경험에 의하면 산에서 만나는 사람들은 누구나 인간의 선한 본성을 감추지 않고 보여준다. 어려울 때 도와주려하고 먹을 것을 나누어준다. 다치면 구급약을 꺼내 치료해주고 길 안내를 친절하게 해준다. 계산되지 않은 행동이 자연스럽다. 인간을 이해하려는 행동 이전에 말로 표현 못할 뭔가가 있다.

쉬었다 가는 걸음은 다리가 풀려 초반에는 걷는 게 불편하다. 자꾸 뒤처지는 내 걸음에 맞추려는 듯 그는 산밤을 줍거나 도토리를 줍는다. 민폐가 되어 어쩌죠. 내 말을 못 들었는지 안 들렸는지 그는 여전히 허리를 숙여 도토리 줍는 일에 열중한다. 그의 배낭이 더 무거워 보였다.

호흡이 가빠진다. 힘겹게 오르막을 오르다가 위를 쳐다보니 하늘이 보이지 않았다. 물소리도 들리지 않는다. 거친 호흡을 뿜어내며 잠시 멈춰 서서 그의 등을 쳐다본다. 그는 묵묵히 오르막을 가면서도 힘들다는 내색을 일체 안한다. 거친 호흡을 내지르는 나와 달리 숨소리도 들리지 않는다. 그의 등짐만이 덩그러니 내 시야에 들어온다. 그와의 거리가 조금씩 벌어진다. 읍내에 도착하기까지 여덟 시간이 걸린다고 등산로 안내도에는 기록되어 있지만 내 걸음으로 넉넉잡아 열 시간, 현재 속도라면 해 넘어가기 전에 도착하기에도 어렵겠다. 심호흡을 하고 다시 오르막을 향해 한 발씩 내딛는다. 무릎이 시큰거리고 반창고를 붙인 발가락이 쓰려온다. 느슨하게 매놓은 밧줄을 잡고 한 손으로는 스틱에 힘을 주며 걷다 보니 어깨와 허리에 통증이 느껴진다.

그가 보이지 않았다. 나뭇가지 사이로 푸른 하늘이 보였다. 능선이 가까워졌다. 잠시 등을 나무에 기대어 쉰다. 앉았다 일어서는 힘보다 서서 나무 둥치에 기대어 잠깐 쉬었다 가는 게 체력 소모가 적다는 것을 경험으로 체득하고 나서 그 방법을 활용하고 있다.

가끔 나는 왜 남자 보는 눈이 없을까, 그런 질문을 스스로에게 참 많이도 했다. 밝고 낙천적인 성격임에도 연애 경험이 없었다. 연애라도 실컷 했다면 남자 보는 눈이 달라졌을까. 민과 데이트를 할 때도 주로 내가 말하고 내가 밥 먹으러 가자고 했으며 내가 팔짱을 꼈고 내가 기념일을 챙겼다. 싸우고 나서 내가 먼저 전화를 했고 내가 먼저 화해를 했다. 잘못돼도 단단히 잘못되어 갔음에도 그때는 알지 못했다. 나를 모친에게 붙여주고 할 일을 했다는 듯 무관심으로 변한 민이 원망스러워 악다구니를 퍼부어도 민은 묵묵히 듣기만 하고 가타부타 표현을 안했다. 아들아이는 민을 쏙 빼닮았다. 외모뿐만 아니라 투박하고 무덤덤한 성격까지도 닮았다. 인도에서 학교를 다닐 때나 다국적 회사에 입사한 미국에서나 전화 한 통 없다. 어쩌다 국제 전화가 연결되어 통화를 하면 바쁘다거나 피곤하다고 했다. 민의 전화를 기다리던 시간이 지나 아들의 전화를 기다리는 시간은 쓸쓸했다. 우울증 증세로 상담을 하자 의사는 운동을 권유했고 그 길로 오지 도보 행을 시작했다. 스물여덟 평 다가구 주택 전세 계약을 해지하고 텃밭 딸린 시골 농가를 구입하는데 비용이 조금 남았다. 삼백여 평 텃밭에 고추를 심어 수확하면 생고추 그대로 수매를 하고 받는 돈이 혼자 생활하기에 그럭저럭 살 수 있었다. 끼니는 굶지 않았다. 상추, 쑥갓, 가지, 호박을 자투리땅에 심어 먹는 재미는 쏠쏠했다. 부지런하기만 하다면 얼마든지 출구는 있었다. 논두렁이나 길옆에 씨앗을 뿌려 콩을 수확하거나, 과일나무 열매들……. 게으른 자에게 농촌은 지루함이지만 부지런한 사람에게 농촌은 낙원일 수 있었다. 피부는 새까매지고 손이 거칠어졌지만 마음은 풍성했다. 실패한 연애, 고통만 남긴 결혼생활에 미련은 없었다. 이성에게 잘 보이려고 피부를 가꾼다거나 하는 일도 부질없는 감상이라고 되뇌며 도시의 때를 깨끗이 벗었다. 가끔 커피 잔을 들고 마당을 거닐며 거칠어진 손마디를 내려다볼 때는 복잡한 심경이 되어 해 지는 풍경을 쓸쓸히 바라보곤 했다. 서울댁으로 불리며 한 달에 한 번 마을 사람들이 버스를 대절해서 등산을 가면 도시락을 싸갖고 따라가는 일도 나쁘지 않았고 노래동아리에 가입하여 사람들과 트로트를 부르는 시간도 괜찮았다. 군청에서는 동아리에 기금을 보조해주고 면단위 축제에 나가 잔치 분위기를 돋우는 일도 썩 괜찮았다. 요양원이나 양로원에 단체 공연을 갔다가 되레 내가 위문을 받은 느낌이 들기도 했다. 그렇지만 나는 뭔가 미결된 숙제를 안고 사는 느낌을 떨쳐버릴 수가 없었다. 감자를 캐고 나서 심은 김장배추가 텃밭에 싱싱하게 차오르자 나는 문을 걸어 잠그고 오지 도보 여행에 나섰다. 나를 기다리는 사람은 없었다. 강아지도 고양이도 애완동물을 기르지 않는 내가 길을 떠나기에는 홀가분한 몸이었다. 그럼에도 불구하고 나는 뭔가 과제가 남은 것 같은 채무감에 시달렸다. 그게 뭘까. 집을 나서면서도 풀리지 않은 의문이었다.

앞서간 그의 흔적이 보이지 않았다. 동행과 함께 할 때는 거북하고 뭔지 모를 불편함이 따라왔는데 막상 혼자 깊은 산길을 걸으려니 두려움이 몰려온다. 멧돼지가 파헤친 흔적들이 능선 곳곳에 널찍이 펴져 있다. 그를 부를까 하다가 그만둔다. 두려움이 깊어지면 소리에 민감한 법이다. 도토리 떨어지는 소리와 바람이 나뭇잎을 흔드는 소리, 짐승이 낙엽을 밟는 소리는 분명히 다르다. 미세한 소리의 잔영에 귀를 곧추세우고 걸음을 빨리 하려 하지만 무거운 다리는 한 걸음 내딛는 것조차 힘겹다. 아래로 뻗은 능선은 다시 서서히 위를 향해 엎드려 있다. 고도가 높아졌다. 땀이 주르르 흘러내린다. 힘든 걸음이다. 나는 왜 이 힘든 걷기를 해야만 하는지 스스로에게 묻는다. 그러다가 앞서간 그의 배낭, 터질듯이 동여맨 등짐의 무게가 한순간 눈앞에 나타났다 사라진다. 그가 짊어진 두툼한 배낭은 평생 짊어지거나 앞으로도 짊어져야 할 그의 몫이었다. 누구도 대신 져 줄 수 없는 무게였다. 그건 누구에게도 보여줄 수 없는 상처였다. 가슴속 깊은 심연에 똬리튼 상처는 바윗덩이처럼 단단하게 웅크리고 있었다. 가슴 깊은 곳에 자리한 바윗덩이는 어려운 고비마다 쓰러지지 않게 흔들리지 않게 내가 딴 곳을 바라보지 못하도록 끊임없이 견제하며 긴장의 끈을 잡아당겼다. 누구에게도 보여줄 수 없었던 고통의 흙더미 위에 뿌리내린 삶이었다. 맏딸로서 아버지에게 불효하고 동생들에게도 온전한 삶을 보여주지 못한 슬픔이, 아들과도 소통이 안 되는 고통이 나를 키워내며 걷게 한 것이다.

그 남자 역시 그랬을까. 그의 상처가 무거운 짐을 지고 가파른 오르막을 오르게 했을까. 그러고 보니 그에 관해 아는 거라곤 아무것도 없다. 맨발로 개울을 같이 건너고 밥을 같이 먹은 사이임에도 그에 대해 아는 게 아무것도 없다는 사실에 씁쓸해진다. 겉으로는 호방한 듯 행동하면서도 달팽이처럼 오그라든 그의 마음이 수면 위에 파동처럼 잔물결처럼 엿보이는 건 내 마음도 예민해져 있다는 뜻일 게다.

"어디 계세요?"

한참 동안이나 그가 보이지 않아 불러본다. 아무런 반응이 없어서 다시 한 번 소리친다. 걸음을 조금 빨리하여 그를 뒤

쫓아 간다. 아무리 간격을 좁히려 해도 그의 흔적이 나타나지 않자 불안해진다. 가을 산의 풍경이 내 마음에서 멀어지며 조급증이 난다. 주변의 풍경이 눈에 들어오지 않았다.

'혼자 가버렸나.'

뭔지 모를 허전함이, 한편으로는 알게 모르게 나를 억압하던 부담스러움이 풀어지며 홀가분해진다. 혼자 걷던 길이다. 홀로 모든 것을 감내하며 걷기를 시작하지 않았던가. 그런데 왜 그로 인해 내 마음이 불안정한지 알 수가 없다. 처음부터 나 혼자 시작했으면 기대하지도 의지하지도 않았을지 모른다. 그런데 불쑥 길 위에서 우연히 만난 이름도 모르는 그를 뒤쫓느라 허둥거리다니……. 갑자기 스스로에게 화가 난다. 그에게도 화가 치밀어 오른다. 화를 낼 상황이 아닌데도 화가 난다.

천천히 걸음을 내디디며 하늘을 쳐다보고 숲을 한 바퀴 휘둘러본다. 물기가 말라가느라 푸석거리는 숲이 수런거린다. 잠시 멈춰 서서 숲의 소리에 귀를 기울인다. 생장과 멈춤의 경계에서 가벼워지는 숲의 기운이 나에게도 전달되어 오는 듯하다.

저물어 가는 붉은 기운이 빛살을 뿌리며 산등성이 위로 출렁거린다. 해가 지기 전에 목적지에 도착해야 할 텐데. 조급한 마음에 걸음이 빨라지고 들숨 날숨의 호흡이 불규칙하게 내 귀를 자극한다. 서서히 어둠이 깔리는 능선에 축축한 기운이 다가오며 안개가 피어오른다. 마음이 급해지면서 호흡이 더 빨라진다.

어둠은 금세 숲을 점령하고 말았다. 길이 보이지 않았다. 길이 아닌 길을 가다가 다시 돌아 나오다가 막막해져서 주저앉았다. 헤드 랜턴을 꺼내 손에 들고 길을 비춰 보지만 분간이 잘 안가서 두려움이 몰려온다. 이렇게 늦은 산행을 하리라고는 예상하지 못했다. 점심 때 노닥거리는 게 아니었는데 후회한들 소용이 없다. 스마트폰은 불통이다. 민박집 주인에게 출발하기 전에 전화할 걸 가다가 연락한다는 게 그만 불통이 되어 버렸다.

그는 어디로 갔을까. 산새 소리 바람 소리가 어둠 속에서 소요를 일으킨다. 서늘한 한기가 온몸을 에워싸고 압박해 온다. 어둠 저편을 두 눈 부릅뜨고 노려보다가 고개를 무릎에 묻고 한숨을 쉰다. 눈물이 쉴 새 없이 흘러내린다.

"나쁜 새끼, 나쁜 놈, 나를 두고 가버리다니……."

자신도 모르게 중얼거리며 울음에 잠긴 목소리로 그를 부른다. 메아리만이 되돌아온다. 그 순간 심연 깊은 곳에 웅크린 바윗덩이가 움찔 움직이며 울음이 터져 나온다. 어두운 숲 속에서 나는 목놓아 운다. 삶의 고비마다 힘겨울 때 어린 아들 아이 앞에 터져 나오려는 울음을 꾹꾹 눌러 참으며 억지로 목안에 밀어넣었던 울음이 한꺼번에 터져 나온다. 내 울음소리에 감염된 몸이 같이 들썩이며 통곡을 한다.

"어디 다쳤어요?"

저만치 앞에서 불빛이 비춰지며 그의 목소리가 들린다. 검은 그림자와 함께 불빛이 흔들린다. 울음을 그치고 손으로 눈을 비비며 어둠 속을 노려본다.

"따라 오는 줄 알았어요. 도토리 줍느라 시간 가는 줄 몰랐네요. 진짜 아픈데 없어요?"

"도토리가 귀중한가 보죠."

"우리 어머니가 도토리묵을 잘 쒀 줘요. 오랜만에 진짜 도토리 갖다 주면 좋아하실 것 같아서요."

"……."

"빨리 갑시다. 이제 하산하는 일만 남았어요."

그의 채근에 배낭을 둘러메고 일어서는데 다시 눈물이 난다. 뒤돌아서서 눈물을 닦고 그를 뒤따라 걷는다. 헤드 랜턴 불빛이 흔들리며 찬 기운이 몰려온다. 무릎을 구부리고 얼마쯤 내려가니 멀리 마을의 불빛이, 도로 옆 가로등 불빛이 희미하게 보인다. 안도의 숨을 내쉬며 스틱에 힘을 주어 가파른 내리막길을 내려간다.

나는 모른다

나는 모른다

명예퇴직을 하고 고향으로 귀향할 때 은경은 이의를 달지 않았다. 현수는 그 점을 특별하게 생각했다. 연로한 구순 노인이 오래된 장승처럼 앉아 있는 집안에 아직 한창 젊은 아들 부부가 합류한다는 것은 아무도 예상하지 못했다. 현수나 은경은 마을에서 가장 젊었고 지나갈 때마다 노인들은 따뜻한 미소를 보냈다. 느티나무 아래 정자는 마을로 들어가는 진입로였다. 그 길을 지나야만 집으로 갈 수 있었다. 여름날 노인들이 느티나무 정자에서 더위를 피할 때면 현수는 아이스크림을 잔뜩 사서 들이밀고는 인사를 하고 지나갔다. 마을에서 오래 살아 터를 지킨 사람들에 대한 예의라고 은경은 지레짐작했다.

"매번 아이스께끼를 사다 주네, 번번이 미안해서 이거."

아이스크림이 노인들 손에 건너가고 답례로 구수한 정담이 건너왔다. 노인은 집터 공사에 가끔 나와 살펴보곤 하는데 집의 방위가 틀어질까 염려하는 듯했다. 집을 허물기 전 현수는 작은 방을 샅샅이 훑어보았다. 여기가 당신이 태어난 방이라니, 신비해. 은경이 현수 뒤를 따라다니며 호기심을 드러냈다. 빈방에는 낡은 재봉틀이 구석에 놓여 있고 벽에는 대나무 횃대가 걸려 있었다. 어른 두 사람이 드러누우면 알맞을 정도로 방은 협소했다. 그 좁은 방에서 신혼부부가 살았다니 부부싸움도 어려웠을 거라고 짐작해 보았다.

"무슨 방이 요렇게 작아."

"옛날엔 다 그랬어."

방의 크기가 장난감 같아서 소꿉놀이 하는 것 같았다. 작은 방으로 들어가려면 마루를 지나야 했다. 마루 판자는 두껍고 단단했다. 인부를 쓰기 전에 현수는 마루를 먼저 일일이 손으로 뜯었다. 뜯어내는데 시간이 소요됐다. 소나무는 습기와 바람과 햇볕을 적당히 품었다가 뱉어내며 오래 버텨왔다. 갈색으로 변색된 마루 밑바닥은 소나무 원래 색인 연미색 색깔이 남아 있었다. 현수는 사진에 옛집을 담았다. 아버지에 이어 자신이 태어난 집을 막상 헐어내려니 마음 한구석이 허전한 듯했다.

고무장갑을 끼고 가루비누를 풀어 거친 철 수세미로 마루판을 문지르는 현수의 이마에 땀방울이 솟았다. 한참 일에 몰두한 현수 앞에 그의 외가 쪽 친척이 목수를 데리고 찾아왔다. 현수는 일하던 것을 멈추고 그들을 맞았다. 은경은 매실차에 꿀을 넣어 내어갔는데 친척과 목수가 집안을 둘러보며 심각한 이야기를 나누고 있었다. 현수가 매실차를 권하고 친척과 목수가 명함을 내밀었다. 현수 옆에 바짝 붙어 서서 은경은 목수의 명함을 훑어보았다. 대학에 출강하고 있으며 지방문화재위원이라는 직책이 눈에 띄었다. 친척은 시의원을 지낸 사람이었고 시어머니와 가까웠다.

"목수를 소개해 달라기에 내 훌륭하신 분을 모시고 왔다."

"그냥 소박하게 단층으로 건물 하나 올릴 건데요 뭐."

친척이 말하고 현수가 대꾸를 했다. 그러자 문화재위원이라는 남자가 지붕을 쳐다보면서 왜 헐어내는지 아깝다고 말하더니 한 번 더 강조했다.

"사백 년이 넘은 집인데 보존하는 게 낫지 않겠습니까."

"사실은, 그것도 고민해 봤는데 신축보다 보존하는 게 더 어려워요. 기간도 오래 걸리고 경비도 더 많이 들고요."

"그건 맞는 말씀입니다. 보존이 어렵긴 하죠. 그래도 아까운데요."

듣고만 있던 친척이 헛기침을 하더니 진지한 표정으로 말을 시작했다.

"이 땅은 예삿 터가 아니에요. 이순신 장군이 백의종군 때 머문 곳이에요."

친척의 말에 문화재위원, 현수와 은경이 서로를 쳐다보았다. 친척이 계속 말을 이어나갔다. 그가 시의원으로 있을 때 많은 자료를 살폈고 위치와 내용과 여러모로 보아 이 터가 확실하다는 거였다. 향토사학자와 토박이 문화해설사도 그렇게 본다는 거였다.

"이순신이 머문 터는 바로 옆 마을에 있는 걸로 아는데요."

"원래 치밀하게 조사하고 고증해서 결론을 내려야 하네. 아직 등록이 확정된 건 아니고 심의 중이라 들었네. 잘 생각해 보게."

"그걸 어떻게 알 수 있죠."

"자네의 12대조 할아버지 후손으로 몇 갈래가 내려왔지만 문중 족보에는 자세히 나와 있지 않은 게 문제일세. 족보에 번지수만 기록했더라도 확실했을 텐데."

현수는 친척이 말한 족보를 기억했다.

"장군이 이 터에서 삼도수군통제사를 재이수 받은 곳이다."

제삿날이면 할아버지가 족보를 펼쳐 놓고 손자들에게 몇 번이고 강조했던 내용이었다. 실제로 문중 족보에 이순신 장군이 12대조 할아버지 댁에 머문 기록은 명확하게 남아 있다. 그 기록과 자신의 집안과는 별개라고 여겨왔다. 등록문화재 심의가 진행되는 그 집은 현수보다 항렬이 높았다. 아들이 시청 문화체육과에 근무를 하고 있어서 그쪽 분야 '지방문화재나 유형무형의 문화재'에 일가견이 있었다. 현수는 시청에 갔다가 친척 공무원을 그냥 부르기 편하게 큰집 아재라고 불렀다. 큰집에는 늙은 그의 어머니가 혼자 집을 지키고 있었다. 큰집 아재는 어쩌다 주말에 다녀갔으므로 평소에는 만날 일이 없었다.

귀향하고 얼마 후 현수는 은경을 데리고 큰집에 인사를 갔다. 여든 초반이라고 믿기 어려울 만큼 큰할머니는 정정했고 냉장고에서 아들이 갔다 줬다며 박카스를 한 병씩 꺼내 주었다. 현수가 마루에 앉아 박카스를 마시고 있는데 탐방객들이 마당을 서성이며 집안을 기웃거렸다. 대문에는 천만 관객이 보았다는 영화사 사람들과 배우들이 왔다간 표시가 있었다. 나무 푯말 위에 직인을 찍듯 영화사 로고가 찍혀 있었다. 마을 입구 진입로에서부터 화살 표시로 '이순신 장군이 머문 집'이라는 표시가 돼 있었다.

"혼자 살다 보이 썰렁했다 아이가. 갑자기 사람들이 찾아와가 내 마이 놀랬다."

큰할머니가 흥분된 어조로 말했다. 현수는 큰할머니가 외로웠나 보다고 생각했다. 현수는 과거 자신의 집에 누가 머물렀건 별로 흥미가 없었다. 지금은 하루라도 빨리 집을 지어 들어앉고 싶었다. 노인이 거처하는 집에 더부살이로 얹혀 있는 게 불편해서 잠이 잘 오지 않았다. 삼십여 년 전에 귀향한 노인이 지은 집은 낡아서 바람이 들락거렸고 보일러는 자꾸 고장 나서 멈춰서곤 하는데 같이 쓰다 보니 난감했다. 노인은 전립선을 앓느라 밤중에도 몇 번씩 화장실을 들락거렸다. 아들 며느리와 같은 공간을 쓰느라 불안정한 나날을 보내고 있었다. 친척에게 목수를 소개해 달랬더니 뜬금없이 문화재위원을 대동하고 온 건 또 무슨 일인지 현수는 고마운 마음 반, 불편한 마음 반이었다. 물론 목수 일을 겸직한다고는 하나 처우 문제도 걸렸다. 고민 끝에 현수는 보존은 안할 거라고, 그냥 헐고 단층 건물을 지을 거라고 못 박았다. 친척은 아쉬운 듯 나중에라도 다시 생각해 보라고 뒷말을 남기며 돌아갔다.

현수는 뒤숭숭한 마음을 다잡으려 다음날 박 사장을 불러들였고 옛집은 눈 깜박할 사이에 사라져버렸다. 터 파기가 시작되자 인부들이 바빠졌다. 실용 음악을 전공한 은경이 시골 물정을 모른다는 게 그나마 현수로서는 위안이 되었다. 은경이 클래식 기타 줄을 잡고 로망스나, 지붕 위의 바이올린, 혹은 닥터 지바고에 나오는 라라의 테마 음악을 들려줄 때면 초봄의 황량한 풍경과 어딘가 어울릴 것 같지 않으면서도 묘한 조화를 이루었다. 현수는 은경이 연주하는 악기 소리를 들으며 힘줄이 돋고 힘이 났다. 그건 뭐랄까, 언 땅을 비집고 흙속에서 태동하는 씨앗의 움직임 같은 거였다. 황금 두꺼비예요. 터파기를 하다가 인부가 누런 두꺼비를 발견하고 손에 들어

올렸다. 두꺼비는 눈알을 끔벅거리며 가만히 있었다. 현수는 두꺼비를 받아 바윗돌 틈새에 놓아주었다.

무너져 내리던 뒷담을 헐어내고 돌로 조경 쌓기를 하는 데만 한 달이 소요됐다. 새로 쌓는 돌은 마천석으로 솜씨 있는 인부가 쌓았다. 터를 다지는 동안 마을 사람들은 언제 집을 짓느냐며 지나가다가 한마디씩 했다. 현수는 토목이나 건축 분야는 생소했다. 박 사장에게 자꾸 물어보자 껄끄러운 기색이 완연했다. 그렇다고 현수가 뭐라고 하는 것도 아닌데 옆에 있다는 사실만으로도 피곤해하는 분위기였다. 현수와 박 사장의 불편한 거리를 은경이 부드럽게 풀어주었다. 커피를 내어가거나 미숫가루를 타가거나 라면을 끓여주며 인부들과 잘 지냈다. 인부들과 친밀감을 형성한 은경이 현수는 의외였다. 낯가림이 심할 거라고 지레 걱정한 현수의 마음을 한 방에 날려 보낸 은경이 고맙다기보다 낯설었다. 커피를 타 주는 것도 모자라 아예 커피포트를 마당에 내어놓고 믹스커피 200개짜리를 사 놓았다.

한 달이 지나 친척이 다시 찾아왔다. 이번에는 혼자였다. 집을 짓느라 마당에는 나무토막이나 공구가 굴러다녀 어수선했다. 친척은 현수를 보자마자 문제가 생겼다고 말했다. 큰집 할머니가 화장실과 수도 사용료로 천 원씩 관광객에게 받는다는 거였다.

"그게 무슨 문제가 있습니까."

"영화가 원인이지. 흥행이 되니까 한번 다녀간 사람들이 너도나도 에스엔에스에 올려서 사람들이 끊임없이 찾아오자 이웃집에서 항의가 들어왔다네. 마을에 쓰레기도 넘쳐나고."

"큰일이군요."

"누군가 귀띔을 한 모양이야. 노인에게 환경 부담금 받으라고. 노인이 한 사람당 천 원씩 받았다는 거야. 하루에 보통 삼사십 명, 주말에는 백여 명도 몰리다 보니 노인이 돈 받는 재미에 푹 빠졌다고 하네. 그러자 친척들이 너도나도 자기네 집도 장군이 머물렀다고 말하는 모양이야."

"문제가 커져 버렸네요. 이웃들이 시끄럽기도 하고. 환경 부담금을 받지 말라고 할 수도 없고. 화장실 이용이며 수도 사용료는 내야잖아요."

친척은 현수에게 나서라고 말하려는 것 같았다. 현수는 실제로 자신의 터에 그분이 머물렀다는 기록이 남아 있지 않은 게 다행이라는 표정으로 안도의 숨을 내쉬었다. 당장 수입이 없는데 관광객 입장료 쏠쏠하겠다며 옆에서 듣고 있던 은경이 아쉬운 표정을 지었다. 은경의 마음을 읽은 친척이 괜찮다면 자신이 나서 보겠다고, 시 문화재위원들을 접촉하겠다고 말하며 현수의 눈치를 살폈다. 번잡함과 사람들과의 부대낌이 싫어서 귀향한 현수에게 친척의 말이 들어올 리 없었다.

더구나 위대한 영웅의 흔적을 보존하고 찾는 일에 관광객이라는 표현은 약간 불경스럽기까지 했다. 관광이라는 말에는 약간의 경박함과 가벼운 뉘앙스가 깔려 있었다. 그것은 여행자하고 또 다른 의미였다. 은경은 친척의 말에 흥미를 느꼈는지 점심 준비할 테니 식사하고 가라며 부엌으로 갔다.

인부들이 점심을 먹고 마당에 둘러서서 믹스커피를 타 마시고 있었다. 그들 중 미장 보조를 하던 김 씨가 오며 가며 심부름을 하다가 친척과 현수의 대화를 들었는지 말참견을 했다. 일 년 전 공사하러 왔을 때와 마을이 달라져서 놀랐다고, 강변을 따라 '이순신 장군 백의종군로' 길을 반듯하게 닦아 놓았더라며, 백의종군로 걷기 프로그램을 만드느라 군청에서는 밭을 다지고 포장하여 길을 내더라고, 다른 마을도 마찬가지라고 했다.

"군수가 바뀌니까 없던 길도 새로 나고 온 들판이 비단길이 되었네."

"일은 열심히 하는구먼."

현수는 시골에 내려와 한 번의 선거를 치렀다. 선거의 열기는 대단했다. 마이크가 숲의 나무를 흔들었고 흐르는 강물이 물결을 밀어내며 쩡쩡 울렸다. 지방 의원에 출마한 사람이 외출하는 노인들에게 무료 택시를 타게 해주겠다고 소리쳤다. 현수는 지방의원의 직무가 어디까지인데 예산 고민도 없이 공약을 할까 의구심이 들었다. 여기저기서 공약이 터져 나왔다. 돈과 관련된 약속인데 예산을 마련할 근거는 아무도 말하지 않았다. 연고가 없는 전설을 배경으로 조형물을 만들어낼 때는 더 놀랐다.

이순신이 지나간 마을마다 길이 새로 생겼다. 그가 머물던 장소는 기념관이나 박물관이 되었다. 한양 옥에서 나와 태형으로 망가진 몸을 이끌고 그가 걸어간 길은 일천오백 리 길이었다. 아산, 공주를 지나 전주, 남원, 구례, 순천, 하동, 합천을 지나 초계에서 권율 장군을 만나고 그의 명령을 받들어 해안을 살피러 가는 길은 이순신의 전 생애에 걸쳐 가장 고통스러운 여정이었다. 왔던 길을 거꾸로 해안을 거슬러 오르며 전쟁의 상황을 살폈던 그의 흔적은 서울, 경기, 충청, 경상, 전라에 이르기까지 전국 곳곳에 발자국을 남겼다. 이제 문중 뿐 아니라 각 지자체가 모두 나서서 장군의 연고를 주장하고 나섰다.

관광객이 몰리면서 마을 진입로에서부터 공판장에는 동네 할머니들이 갖고 나온 농산물이 쌓여 있었다. 참기름, 들기름, 콩, 메주, 간장, 된장이 팔려나가자 조상들의 유물까지 흘러나왔다. 다듬잇돌, 요강, 소반, 함지박이 공판장 뒤쪽에 즐비하니 놓여 있는 풍경은 유물 전시장이나 다름없었다. 마을이 생긴 이래 사람들이 이렇게나 많이 몰려든 적이 없었다. 한쪽에서는 어리둥절해하는 사이 다른 한쪽에서는 머리를 굴렀다. 마을 경로당에 모여 화투를 치거나 잡담으로 소일하던 노인들이 경쟁적으로 수익 사업에 뛰어들었다. 이장이 회의를 소집했다. 회의 주제는 마을 공동 화장실과 공동 식당 운영 건이었다. 사람들이 몰리면서 식당이 필요했고 화장실 문제가 대두되었다. 의견은 반반으로 갈렸다. 관광객이 언제까지 몰려올지 알 수 없다는 것과 대대로 농사를 짓던 마을에 식당 일은 누가 책임지고 일을 하느냐는 것이었다. 환경 부담금 받는 장군의 터 주인이 화장실을 쓰게 해야 한다는 의견과 마을 사람들 모두 식품을 판매하거나 골동품을 내놓고 있는 상황에 공동 책임이 있다는 의견이었다. 열이면 열 사람 의견이 달라서 이날 회의는 결론을 내지 못했다. 방학 때면 백의종군로 순례를 하는 학생 단체 팀이 한꺼번에 몰렸고 그 외 소규모 연구팀이 찾아왔다. 때아닌 둘레길 바람이 불었다. 전국의 옛길이 둘레길로 탈바꿈되어 없던 길도 만들어낼 판이었다. 현수는 오뉴월 뙤약볕 아래 옛길이 끊겨 아스팔트를 하염없이 걷던 날이 떠올랐다. 바닥에서는 지열이, 하늘에서는 태양이 이글거리던 여름날이었다. 택시도 없고 버스도 없는 마을 앞에서 배낭을 내려놓고 탈진해 앉아 있던 날을 헤아리면서 현수는 급속도로 변해 가는 고향 마을이 염려스러웠다. 지역마다 생겨나는 둘레길처럼 지역마다 영웅의 길이 만들어지는 게 아닌가 하는 의문이 들었다.

은경과 결혼기념일을 맞아 이태리를 여행했던 때가 스쳐 지나갔다. 인상 깊었던 아시시의 마을과 고향 마을이 대비되었다. 팔백여 년 전에 살았던 프란체스코라는 한 인물이 죽어 오래오래 살아 있는 마을 사람들을 먹여 살리는 현상은 불가사의했다. 그는 인간의 영역을 떠나 성인이 되었고, 수세기에 걸쳐 찾아오는 관광객으로 인해 숙박, 음식점, 공예품, 미술관, 박물관뿐 아니라 시행정이 관광에 맞춰 돌아가고 있는 현상은 기이했다. 우리 마을에서 한 명의 영웅을 키우는 것도 괜찮을 것이다.

현수는 인부들이 더위에 고생하는 것 같아 마트에서 수박을 샀다. 수박을 사다 보니 큰집 할머니가 생각나서 한 개를 더 샀다. 친척이 큰집 할머니의 근황을 얘기해 준지도 꽤 되어 궁금하던 참이었다. 큰할머니가 사는 마을 근처에 다다르자 낯선 사람들이 눈에 띄었다. 현수는 공터에 차를 세우고 큰댁을 향해 걸어갔다. 수박을 든 오른쪽 팔이 뻐근했다. 큰집 대문이 활짝 열려 있고 할머니가 마루에 앉아 바구니에 천원짜리 지폐를 받아 넣고 있었다. 집안은 어수선했다.

"할매, 모합니꺼?"

"누꼬? 현수 아이라. 더분데 우짠 일이고."

"할매 수박 사왔다. 돈 버느라 힘 드는데 수박 먹고 힘내라꼬."

"내사 이 짓도 못하것다."

큰집 할머니는 현수와 이야기 하느라 사람들을 상대하는 일에서 잠시 놓여났다. 이런 저런 이야기를 주고받으며 현수는 큰할머니가 외로움에 지쳐 있음을 간파했다.

"할매, 사람들이 마이 찾아와주니 좋나."

"이런 촌에 뭐 볼게 있다꼬 찾아오는지 모르겄다."

큰집 할매는 이야기하는 게 좋은지 발그레 홍조를 띄었다.

"니 색시는 왜 안 왔노, 도망가삐릴라, 잘 지키라."

큰집 할머니의 한마디에 현수는 마을의 분위기를 짐작했다. 다문화 가정의 외국인 며느리가 가출한 사건이 있었고, 귀촌한 젊은 부부가 싸움 끝에 부인이 가 버린 일이 있었다. 노인들은 젊은 여자만 보면 의혹의 시선을 보냈다. 그런 분위기여서 큰할머니는 현수를 염려하는 듯했다.

집은 장마철이 접어들 무렵 완공되었다. 계획에 없던 다락방을 올렸다. 은경의 악기들을 둘만한 공간을 고민하다가 창안해낸 결과였다. 박 사장이 난감한 표정을 짓더니 추가 비용 이천만 원을 더 요구했다. 6평 크기였다. 다락방뿐만 아니라 소소하게 예산이 늘어나서 현수는 신경이 날카로워졌다. 옛 모습은 아무리 봐도 찾을 길이 없었다. 외양간 지붕이던 초가나 본채 지붕이던 기와의 흔적은 사라졌다. 이제 이순신의 자취가 문서에 남아 있다 하더라도 주장하기 어려울 정도로 터는 현대 건물로 말끔하게 바뀌었다. 그가 머물던 장소라고 주장하는 터에는 마당에 녹색 잔디가 깔리고 군데군데 편편한 돌이 놓였으며 수양매화와 포포, 비파, 서양해당화 같은 외래종 식물이 차지하고 있었다.

“남들은 없는 역사도 만들어 내는데, 과거의 흔적을 말끔히 지워 버렸네.”

“우리나라가 무수한 침략을 받으면서 이름 없는 개인의 역사는 얼마나 많이 지워졌겠어. 나라를 구한 건 한 사람의 영웅이 아니라 이름도 없는 개개인이지.”

“그래도 뭔가 아쉽기는 하네.”

“누군가 후대에 지워진 영혼들을 기억하고 좋은 곳에 가시라고 기원해준다면 그게 의미 있겠지.”

현수는 은경이 툴툴대는 이유를 짐작했다. 은경이 오일장에 갔다 온 사이 집을 철거하는 중에 이웃에 사는 먼 친척 아주머니가 할머니가 쓰던 유물을 가져가버린 것에 대한 서운함이었다. 놋화로와 재봉틀, 대나무로 만든 오래된 대금이었는데 노인은 이웃 아주머니가 달라고 하자 그깟 물건 어디에 쓰냐며 선뜻 내어줬다. 현수가 미처 고민할 사이도 없이 할머니 유물이 이웃에게 가버렸다. 그 유물이 현수 거라고 고집할 수도 없는 상황이긴 했다. 현수가 태어난 작은 방에서 작은아버지와 작은어머니가 신혼을 보냈는데 그곳에서 사촌동생이 태어났고 두 번째 아들을 얻은 후 분가를 했기 때문이다. 사실을 짚어 보자면 그 유물은 현수 것이 아니었다. 작은어머니가 할머니와 같이 쓰던 물건이었으므로 현수가 소유권을 주장할 수도 없었다.

"그걸 주시면 어떡해요."

은경은 노인이 들으라는 듯 툴툴거렸는데 아마도 오래된 대금이 아쉬운 모양이었다. 이웃 아주머니가 대금을 어디에 쓰려고 가져갔는지 궁금하긴 했다. 이웃집은 대금을 다룰만한 사람이 없었다. 현수는 은경의 기분을 풀어주려고 드라이브를 나섰다. 이십 리 떨어진 한옥마을이었다. 지주와 양반계급이 모여 살던 곳이라 기와집이 꽤 있었는데 군청에서 전통한옥마을로 지정하면서 집집이 기와를 올렸다. 골짜기와 골짜기 사이에 구름다리가 만들어지고 구름다리 끝에 팔각정 공사가 한창이었다. 그 한옥마을에 쏟아 붓는 군의 예산이 연 70억이라 했다. 골목으로 접어들자 흙담을 새로 만드느라 바닥이 흙탕물로 흥건했다. 옷에 튈까봐 조심스럽게 뒷발을 들고 진흙탕을 벗어났다. 오래된 담장과 새로 만든 담이 섞여 있는 골목은 옛 정취를 느끼기에는 지나치게 깨끗하고 정갈했다. 잘 포장된 도로 같은 느낌이었다. 논과 논 사이에 도랑물이 흘렀다. 징검다리를 건너는데 도랑가에 미나리와 달개비 꽃이 보였다. 은경은 예쁘다고 감탄하며 스마트폰으로 사진을 찍느라 여념이 없었다. 골목을 따라 걷다 보니 대나무 정원이 있는 찻집이 나왔다. 대나무 울타리를 지나 안으로 들어가자 찻집 벽에 수묵화가 걸려 있었다. 주로 한옥마을 풍경을 담은 그림이었다. 감나무, 달빛 아래 매화, 연꽃……. 소박한 소재였다. 찻집 여주인에게 물었더니 그녀의 남편이 그림을 그린다고, 화실이 따로 있다고, 귀촌했는데 수입이 없어서 찻집을 하고 있다고 했다. 소박한 시골 아낙 같은 여주인은 이것저것 묻는 말에 선선히 대답했다. 허브차를 시켜 마시며 둘러보니 구석 책장에 그림과 에세이 책이 가득 쌓여 있었다. 카페 여주인이 그녀의 남편 작품이라고 설명을 해서 한 권 샀다. 은경은 감나무 그림에서 눈을 떼지 못했다. 여주인이 화실의 남편에게 전화를 했다.

예순 중반으로 보이는 남자가 눈으로 두 사람을 재빠르게 훑었다. 그의 시선에는 이 시골에서 그림을 제대로 살 수 있을까, 라는 의혹이 들어 있었다. 봄볕을 쬐며 집 짓는 공사 감독을 한 셈이니 현수의 몰골은 까무잡잡했고 작업복 차림에 운동화를 신었으니 누가 봐도 농사꾼 차림새였다. 그림 크기는 10호 사이즈가 채 못 됐다. 가격을 물으니 남자가 아주 조심스럽게 십 년 전 인사동에서 그 그림을 3백만 원에 팔았다고 말했다. 깎아준다고 하더라도 십 년 전 금액 3백은 받아야 하지 않겠느냐는 뜻이 담겨 있음을 현수는 단박 간파했다. 자리를 벗어나고 싶었으나 은경은 그림을 붙잡고 계속 들여다 보고 있었다.

"복사본을 사가는 건 어떠세요."

"글쎄요."

눈치 빠른 남자가 조심스럽게 물었고 현수는 복사본 가격조차 물어볼 엄두가 나지 않아 망설였다. 그러자 남자가 복사본은 개당 10만 원이라고 재빨리 말했다. 은경은 연꽃정원 그림과 감나무 그림 복사본 두 개를 보물인양 받아들고는 볼이 발그레 홍조가 들었다.

찻집을 나오자 멀리 산자락에 잘 지어진 오래된 한옥이 보였다. 조금 피곤했지만 현수는 나온 김에 그쪽으로 발걸음을 옮겼다. 한눈에도 꽤 규모가 있는 한옥이었다. 현수의 눈에 낯익은 표석이 들어왔다. '이순신 장군이 머물던 집'이라 새겨진 담장 문구였다. 장군이 비가 오는 밤, 양반의 종 집에서 하룻밤 자고 갔다는 기록을 책에서 본 터여서 현수는 한참 서서 살폈다. 왕의 미움을 받을까봐 양반들이 모두 꺼리며 나서지 않던 밤, 장군은 양반의 사랑채도 아닌 종 집에서 하루를 묵어야 했다. 그 후손은 조상의 각박한 인심을 알고 있는지 궁금했다. 시대를 떠나 세상의 인심을 엿보는 듯했다. 임란 때 승병이나, 권율, 홍의 장군 곽재우, 진주성의 김시민, 하다못해 논개와 이순신을 도운 또 다른 여자 내산월에 대해서는 영웅 이야기의 그늘에 가려져 있었다. 무수한 사람들이 연기처럼 사라져갔다. 이 터를 지킨 건 이름 없는 그들이었다. 현수는 갑자기 피곤이 몰려왔다. 은경에게 운전을 맡기고 조수석에서 그는 눈을 감았다.

잠깐 잠이 든 사이 눈을 뜨니 큰집 할머니 댁이다. 대문 앞에 사람들이 기웃대며 안을 엿보고 있었다. 현수는 의아한 표정으로 은경을 쳐다보았다. 은경이 참기름이 떨어졌다며 온 김에 인사를 하고 간다고 했다. 그런데 대문이 굳게 닫혀 있다. 밖에서 불러도 대답이 없고 조용했다. 사람들이 계속 대문 밖을 서성거렸다.

은경은 마을 공판장에서 참기름을 한 병 샀다. 몇몇 관광객이 말린 고사리와 무나물을 들었다 놨다 하며 재고 있었다. 그때 은경의 눈에 대금이 눈에 띄었다. 그 옆에는 놋화로가 있었는데 아무래도 집을 허물 때 나온 것 같았다. 현수는 큰집 대문 앞을 서성거리며 시청에 근무하는 아재에게 전화를 하는 중이었다. 은경은 현수를 기다렸다. 전화는 계속 통화중이었다. 은경이 잠시 한눈을 판 사이 관광객들이 북적이더니 공판장에 사람들이 꽉 찼다. 은경은 백여 미터 거리에 있는 큰집으로 향했다.

그때 베레모를 쓴 노신사가 나서서 헛기침을 하고, 사람들을 둘러보며 큰 소리로 말했다.

"왜들, 이 난리들입니까. 요 이웃에 이순신이 닷새나 머물다 간 곳도 조용한데 달랑 하루 묵어간 곳이라고 야단들이예요."

"닷새 머물렀다고요? 그 집이 어딘데요."

"그러니까, 에, 내 이름은 임승수인데 검색을 해 봐요. 거기 책에 다 나와 있어요."

"……."

"나는 평생 이순신을 연구한 사람이요."

사람들이 흩어졌다. 노신사가 수염을 쓰다듬으며 흩어지는 사람들을 안타깝다는 듯 바라보았다. 노신사는 자리를 뜰 생각을 안 하고 큰집 주위를 서성거렸다. 현수는 노신사에게 시선이 자꾸 쏠렸다.

"저희 집에 가서 차 한 잔 하시겠습니까."

"누구신지……."

"가까운 이웃입니다. 오백여 미터 떨어진 곳입니다."

노신사가 잠시 생각에 잠겨 있다가 고개를 끄덕였다. 은경은 공판장 앞에서 현수의 손을 잡고 대금이 있던 장소로 갔다. 방금 전까지 있던 대금이 보이지 않았다. 은경은 옆에서 고사리를 팔던 할머니에게 물었다. 어떤 아저씨가 사갔다고, 금방 가버렸다고 말하자 은경은 실망 가득한 표정으로 한숨을 내쉬었다.

노신사가 승용차를 몰고 현수 차를 따라왔다. 집안에 들어서자 노신사가 집을 잘 지었다고 의례적인 인사를 했다. 이층으로 안내를 했다. 은경이 매실 발효액에 얼음을 띄워 내왔다. 악기를 둘러보던 노신사가 유리문 너머 멀리 건너편 산을 바라보며 고개를 끄덕끄덕 했다. 그러더니 명당이라 좋은 기운을 받을 거라고 말했다. 현수는 조심스럽게 친척의 이야기를 전했으나 노신사는 별로 반응이 없었다. 노신사는 해군사관학교를 거쳐 일찍 전역하고 일반 대학원에서 이순신의 전략 논문으로 박사를 마쳤다고 했다. 노신사는 자신의 논문 이야기에 긴 시간을 할애했다. 이순신의 자취가 있다는 터며 병사들을 훈련시킨 진배미도 기록을 통해 확인했을 뿐 한 번도 와 본 적이 없는 그가 역사의 현장을 설명해도 호응을 보이지 않아 이상하다고 생각했다. 노신사가 하품을 했다. 그의 눈에 실핏줄이 터져 붉게 번져 있었고 몹시 지쳐 보였다. 노신사의 주름진 피부가 그의 지나간 시간을 말해주는 듯했다. 그는 지쳐 있었고 세상의 일에 관심이 없는, 늙은 노인이었다.

"혹시 시골 빈집을 보러 오셨습니까."

현수는 짚이는 게 있어서 물어보았다. 노신사가 눈을 가느스름하게 뜨고 노후를 보낼 터를 찾아다닌다고 말했다.

"이 마을은 어떻게 알고 오셨습니까."

"나는 이순신 연구로 한 생을 보낸 사람이오. 그와 연관 있는 곳을 따라 여기까지 왔어요."

현수는 비로소 의문이 풀렸다. 노신사가 그만 가 봐야겠다고 일어섰다. 마당에는 백일홍이 한창이었다. 마당을 둘러보다가 노신사가 담장을 가리켰다. 담 위에 구렁이 한 마리가 길게 엎드려 있었다. 비가 그친 뒤 몸을 말리러 나온 거라고 그는 말했다. 가까이 다가가는데도 구렁이는 꿈쩍도 안하고 눈을 지그시 감고 있었다. 몸통이 굵고 길이가 2미터는 됨직했다.

"이 터가 예사롭지 않습니다."

"잘 봐주셔서 감사합니다."

"그분의 숨결이 머무는 곳이라고요. 아마 보이지 않는 혼이 알게 모르게 작용할 것입니다. 진실이 중요한 겁니다. 차 잘 마셨고 이만 가 보겠습니다."

노신사가 한마디 하고는 현수와 은경을 쳐다보았다. 현수는 강이 가까운 마을의 친구에게 노신사를 소개했다. 펜션을 지었다가 손님이 없어서 팔려고 내놨다는 것을 알고 있었다. 노신사가 떠나고 은경이 기타를 들었다. 은경은 클래식기타를 시작했으나 나중에는 재즈기타와 아코디언, 드럼, 피아노를 연주했다. 은경이 기타를 들고 튕겨 보더니 울림이 좋다고, 소리가 잘난다며 환한 낯빛이 되었다. 편백나무로 다락을 높이 올렸는데 은경이 만족해하는 것 같아 현수는 속으로 다행이라고 생각했다.

은경의 기타 소리를 들으며 현수는 마당으로 나왔다. 노신사의 말이 귀에 남아 뱅뱅 돌았다. 보이지 않는 진실이라고 그는 말했다. 그럴지도 모른다. 어디선가 개구리 울음이 들려왔다. 여름날 밤에는 두꺼비 소리가 밤새 났다. 두꺼비 울음이 커서 잠을 방해하기도 했다. 개구리와 두꺼비가 사는 곳에 구렁이가 사는 것은 인지상정, 너무나 당연한 논리였다. 사람들이 몰려오는 곳에 농산물을 팔고 돈을 받고 장사를 하는 것, 그것도 먹이사슬이 아닌가. 현수는 야생의 논리를 떠올렸다.

은경에게 말하지 않은 사실이 있었다. 저물녘 대문 앞에 뱀이 똬리를 틀고 있거나 캄캄한 밤, 컨테이너로 가다가 어둠 속에 뱀이 엎드려 있어서 놀란 적이 있었다. 뱀은 느리게 기어 화단으로 들어가 버렸다. 몇 번 그런 일을 겪으며 곤충과 야생 동식물의 터에 현수가 침입해 온 게 아닌가, 문득 그런 엉뚱한 상상을 하기도 했다.

"이 집이 정말 그가 머무른 곳일까."

"그렇다 하더라도 옛 흔적이라고는 아무것도 남아 있는 게 없잖아."

"눈에 보이는 게 다는 아냐."

"눈에 보이는 것도 중요해."

현수는 자신이 뭔가 잘못하고 있는 게 아닌가 하여 은경에게 물었으나 그 심중을 알 수 없었다. 어쩌면 은경 말대로 눈에 보이는 것, 오래된 기와, 흙담, 낡은 헛간이나 옛 정취를 돌아볼 수 있는 '상징'이 필요한지도 모른다는 의문이 들었다. 깔끔한 현대식 건물로 바뀐 현수의 집터에 '이순신이 머문 집'이라는 푯말이 세워진다면 어린 학생들에게는 혼란이 올 수도 있었다. 그렇지만 왜 이제 와서 이순신 열풍인가, 하는 문제는 짚어봐야 했다.

며칠 후 현수는 큰할머니 집 대문이 닫혀 있었던 게 생각나서 혼자 그쪽으로 발걸음을 옮겼다. 공판장 앞에는 아주머니들이 된장이며 고사리, 산나물 말린 것을 앞에 놓고 잡담을 나누고 있었다. 큰할머니 집 대문이 활짝 열려 있고 집 주위로 낯선 사람들이 서성이는 게 보였다. 현수는 안도의 숨을 내쉬며 천천히 다가갔다. 현수가 한쪽 발을 대문에 들이밀려던 순간 큰할머니가 마당에 나와 소리쳤다.

"내도 조용히 살란다. 오만데 때 묻히고, 솥단지 열어 보고, 더러버서 못 살겄다. 쫌 편케 살란다. 우리 집에 이순신이 왔다갔는지 우찌 알끼고? 내는 모린다. 다 귀찮다. 고마 가라!"

할머니의 말에는 아랑곳없이 사람들은 장독간 항아리 뚜껑을 열어보거나 문고리를 잡아당기며 사진을 찍느라 경황이 없었다. 할머니가 소리치건 말건 집안 곳곳에는 낯선 이들의 숨결이 가득 들어차 있어서 오래된 민속박물관 같은 분위기를 풍겼다. 그 건물에서 오래 살아온 할머니의 목소리만이 공허하게 울려 퍼질 뿐 아무도 할머니를 이해하려거나 그 목소리에 귀를 기울이는 사람은 없었다. 현수는 집안으로 들어가서 여기저기 기웃대는 사람들을 내보내고 대문을 닫았다. 할머니는 마루에 앉아 초점 잃은 시선으로 먼 허공을 바라보고만 있었다.

"할매, 안으로 들어가세요."

"누꼬?"

"저 현숩니다."

현수는 할머니를 부축하여 안방으로 모셨다. 그 사이 할머니는 부쩍 늙어 보였고 기력이 없었다. 할머니가 끄응, 신음을 내뱉으며 드러눕자 현수는 이불을 여며주고 조용히 문을 닫고 밖으로 나왔다. 사람들은 모두 가버리고 공판장 주위에는 썰렁한 바람이 불었다. 샛길을 따라 걸어오다가 태극 문양이 그려진 나무 대문 앞에 멈춰 섰다. 어느 문중 사당이었다. 유의문(有意門) 현판이 걸려 있고 솟을 대문이 하늘로 치솟을 듯 날렵했다. 반원형으로 이어진 마을의 잘 지은 기와건물 대부분이 사당이었다. 후손이 사는 집 옆에 개인 사당이 있고, 사당과 사당 사이에 살림집이 들어 있는 정경은 기이했다. 죽은 영혼을 기리는 산 사람들의 고달픈 현실이, 바쁘게 전개되는 세상의 풍경이, 집으로 오는 내내 현수의 마음을 막막하게 했다.

"내는 모린다."

큰집 할머니의 절규가 환청처럼 들려왔다. 현수는 집으로 가는 길을 향해 내달렸다.

쓸쓸하고도 찬란한

쓸쓸하고도 찬란한

색채의 경계를 구별할 수 없는 어둠이었다. 그 느낌은 무겁고 축축하게 여자를 덮쳐왔다. 서둘러 벽에 부착된 스위치를 누르고 참았던 숨을 몰아쉬었다. 그리고 급하게 거실, 부엌, 안방의 불을 켰다. 순식간에 집안은 빛의 꽃이 확 피어난 듯 눈이 부셨다. 이즈음 여자는 까마득한 낭떠러지에 서 있는 절망감에 싸여 있었다. 남자의 딸을 만난 후부터였다. 남자의 머리카락은 유난히 검었다. 가발인 것 같았으나 묻지 않았다. 남자는 딸 하나를 키우며 혼자 살아온 과거를 마치 훈장처럼 열 번이고 스무 번이고 써먹었다. 부인과 사별하고 혼자 긴 시간 살아온 그의 이력을 이해하나 그것을 경력으로 자랑삼는 것은 피곤했다. 혼자 살아온 십 년의 시간이 그렇게 대단한 걸까. 그러면서도 의구심이 떠나지 않는 것은 그가 처음부터 독신을 고집한 게 아니라 계속 선을 보고 만난 여자가 서른 명도 넘는다고 말할 때 떨떠름한 기분이었다.

"주위에서는 제가 뭐 죽은 부인을 잊지 못해서 여직 혼자 산다고 말하지만 천만의 말씀이지요. 어떤 사람은 딸자식 땜에 재혼도 마다하고 혼자 산다고 하지만 그건 더더욱 아닙니다. 제 마음에 드는 짝을 못 만나서 그런 거죠. 한눈에 필이 오는 그런 여성을 기다렸다고나 할까요?"

그가 쉬지 않고 떠들며 유리컵의 물을 반이나 들이켜 마실 때 여자는 서쪽 하늘을 바라보고 있었다. 하늘은 검붉은 노을이 지고, 구름이 흘러가고 있었고, 새 떼가 무리를 지어 날고 있었다. 여자는 새 떼와 붉게 물드는 하늘을 보며 지루한 남자의 말에 하품이 나오려는 것을 애써 참았다. 저녁 햇살이 물결처럼 남자와 여자가 앉은 창으로 들이비치고 있었다. 남자의 첫 인상은 괜찮은 편이었다. 중년의 기름기가 느껴지지 않았는데 여자가 관심을 표명한 것은 철인 3종 경기를 즐긴다는 점이었다. 남자의 말대로 그는 아내가 죽은 후 운동에 빠져 지냈는지도 모를 일이고 아니면 그 반대로 무수한 여자들에게 차였는지도 모를 일이었다. 오래 알고 지낸 이웃집 여자 식사 초대 자리에서 남자를 처음 보았는데 그는 여자에 대해 어느 정도는 아는 눈치였다. 그렇다 하더라도 이혼녀에 대한 사회적인 편견을 그도 갖고 있는지 여자에 대한 탐색의 시선을 놓지 않았다. 남편과는 어떻게 헤어졌느냐, 아들 양육비 문제는 해결했느냐, 자기는 이혼녀라고 해서 뭇사람들처럼 상대적이라거나 뭔가 문제가 있어서 헤어졌다는 식의 편견은 갖지 않겠다, 하는 말을 두서없이 풀어놓았다. 오히려 남자의 그런 말에 여자는 심한 모욕을 느꼈다. 여자는 커피 리필을 부탁하거나 아이스크림을 추가로 주문해서 티스푼으로 천천히 입에 떠 넣으며 남자의 말을 건성으로 흘려들었다.

남자는 지난번 자신이 경솔하게 말이 많았다며 정중하게 사과를 하고는 여자에 관해 이것저것 질문을 던졌다. 그 질문이 무엇이었는지 정확하게 기억나지 않는 것으로 보아 중요한 건 아니었던 것 같다. 첫 인상과 달리 두 번째에는 말이 없고 수줍음을 약간 타는 것 같아 여자는 대담하게 그의 여성이력에 대해 꼬치꼬치 캐물었다. 남자는 딸자식 뒷바라지하느라 여자관계는 진지하게 깊어지지 못했다고 대답을 했고 그 대답이 우스워서 여자는 크게 소리 내어 웃었고 여자의 웃음소리에 남자도 따라 웃었고 동시에 그의 표정이 조금 환하게 펴지는 것을 보며 순진한 구석이 있다고 생각했다.

"인간 수명이 지금 평균 나이보다 여덟 살은 더 늘어났고, 앞으로 백 살은 끄떡없다는데 혼자 산다는 건 잔인하죠. 청춘일 때에야 젊으니까 무엇이든지 맘먹은 대로 할 수 있고, 막말로 제 잘난 맛에 살 수 있죠. 하지만 늙어가면서도 그렇게 할 수 있을까요? 어림없죠. 늘그막에는 인생친구, 그렇죠, 인생친구가 필요한 법이죠."

남자는 그럴듯한 논리로 여자의 반응을 유도했고 여자는 시선을 남자의 고개 너머로 멀리 두었다.

"어떻게 생각하세요? 제 말이 맞죠?"

"네? 아, 네."

돌연 남자가 질문을 던져서 여자는 그만 어리둥절한 표정을 숨긴 채 대충 미소로 얼버무렸다.

"말이 없으시네요. 제가 그 점을 좋아합니다. 말 잘하는 사람들, 잘난 사람들, 피곤합니다."

남자는 고개를 절레절레 흔들며 낯을 찡그렸다. 남자는 어느 순간 은근슬쩍 말을 놓았다.

"뭐 하시나? 식사는 하셨고?"

"먹었어요."

경어체도 아니고 반말의 어정쩡한 남자의 질문에 여자는 꼬박꼬박 경어를 썼다. 며칠 후 남자의 딸이라며 전화가 왔다. 한 번 만나자는 거였다. 무슨 일로 그러죠, 전화로 하면 안 되나요, 되물었으나 남자의 딸은 만나서 얘기할 게 있다고 했다. 얼떨결에 약속을 해놓고는 기분이 좋지 않았다.

남자의 딸은 약속 장소에 먼저 와 기다리며 시계를 보고 있었다. 십여 분 정도 늦은 것 같아 여자가 조금 늦었네요, 오래 기다렸죠, 라고 하자 남자의 딸은 조금 기다렸다고 말했다. 키가 작고 갸름한 얼굴에 약간 신경질적인 스타일이었다. 해수라고 자기 이름을 소개한 그녀는 물을 한 모금 마시더니 대뜸 나와 줘서 고맙다며 부탁이 있다고 말했다. 여자는 그녀를 물끄러미 건너다보았다.

"우리 아빨, 사랑하세요?"

그녀의 말에 여자는 순간적으로 당황했다. 그녀가 빤히 쳐다보며 여자의 표정을 살폈다.

"왜 그런 질문을 하지?"

여자는 기선 제압을 위해 말을 놓았고 그녀가 순간적으로 여자를 노려보는 듯했다. 그녀가 다시 입을 열었다.

"아빠 말에 의하면 친구 분이 우리 아빨 많이 좋아하신다는데요?"

"그런데, 뭐가 문제지? 좋아하면 안 되나?"

여자는 반발심이 일어나 그렇게 대꾸했다. 그러자 그녀는 조금 흥분한 듯 본격적으로 하고 싶은 말을 풀어놓았다.

"결론만 말할게요. 전 아빠가 고른 여자면 무조건 찬성이에요. 하지만 아빤 일하는 사람이에요. 거느린 직원들 가족 생계가 우리 아빠 손에 달렸어요. 지각이 있는 분이라면 일찍 좀 들여보내야 되지 않겠어요?"

"들여보내다니 뭘 말이야?"

"우리 아빠 말이에요. 매일 밤 자정이 넘어 들어오거나 새벽에 들어오시는데 그건 친구 분이 잘못하고 있는 거라구요."

여자는 뭔가 잘못되어 가고 있음을 알았다. 고른 여자라고? 어린 것이 당돌하네. 왕비를 간택하는 것도 아니고 누가 누구를 골라, 표현 방식이 왜 이리 직설적인 거야, 여자는 짧은 순간 온갖 잡다한 생각에 빠져들었고, 한 남자를 사이에 두고 줄다리기를 하는 형국이 되어버린 상황에 모멸감을 느꼈고 괘씸했지만 어디까지 나오나 두고 보기로 했다. 그녀의 표정이 조금 상기되어 있었고, 스스로의 감정에 휘둘려서 우유를 쏟은 아이가 어찌할 줄 몰라 하는 것 같기도 했다.

모카커피를 한 모금 마시며 여자는 차근차근 그녀에게 우리는 어쩌다 한 번씩 만나 밥 먹고 차 마시고 그러고는 헤어진다, 그뿐이다, 설사 늦게 집으로 간다 해도 우리는 성인이다, 아무도 우리를 간섭할 수 없다……. 그런 식으로 설명해 주었지만 그녀는 믿지 않는 눈치였다. 그러고는 할 말이 없는지 "당신이 잘못하고 있어요." 라고 쏘아붙이고는 일어섰다. 여자는 황당해서 한동안 그 자리에 가만히 앉아 있었다.

해수를 만난 며칠 후 남자를 만나 해물칼국수를 먹었다. 국물을 떠 넣으며 물수건으로 이마의 땀을 닦는 남자를 쳐다보며 당신 딸을 만났어요, 라는 소리가 목구멍에까지 올라왔으나 뜨거운 국물을 삼키며 그 얘기도 꿀꺽 삼켰다. 남자는 여자가 자기 딸을 만난 걸 모르는 듯했다. 굳이 여자가 말할 필요는 없었다. 칼국수를 먹고 카페로 가서 모카커피를 마셨다. 남자는 부쩍 시계를 자주 들여다보았고, 밤 아홉 시 뉴스를 들으며 일어섰다. 처음에는 두 부녀가 오랫동안 의지하며 엄마 없는 자리를 대신해서 살아왔으니 서로에게 기대 산 세월을 무시하면 안 되겠다 싶어서 이해를 했다. 그런데 남자는 밤 아홉 시를 넘기면 몹시 불안해했다. 남자의 딸은 스물여덟 살, 알만한 나이였다. 남자는 딸 자랑을 주로 했다. 일류대학에 들어가서 장학금을 받았으며 지금은 강남의 유명한 입시 학원에서 영어를 가르치는데 연봉이 만만치 않노라고 자랑했다.

남자의 딸을 만난 이후 여자는 일부러 전화기를 꺼놓거나 약속을 핑계로 남자를 만나지 않았다. 한동안 남자에게서는 연락이 없었다. 여자가 좀 심했나 싶어 혼잣소리로 중얼거리는데 돌연 남자에게서 전화가 왔다.

"공연 보러 안 갈래요? 표가 두 장 있길래 전화했어요."

"무슨 공연인데요."

"캣츠."

"뮤지컬 캣츠요?"

"그래요, 뮤지컬 캣츠."

여자는 뮤지컬 캣츠라는 말에 그만 그동안 있었던 일을 잊어버리고 공연을 보러 가겠다고 얼른 말해버렸다. 꼭 한 번은 보고 싶은 공연이었다. 웨스트 앤드와 브로드웨이에서 장기 공연을 했으며 쓰레기가 산더미처럼 쌓인 슬럼가를 배경으로 고양이 세계를 인간세계에 빗대어 풍자한 번안극이었다.

햇볕은 눈이 부셨다. 봄볕은 풀이며 꽃, 나무들을 어루만지며 보듬어주고 있었다. 그 모양이 사랑을 나누는 행위 같았다. 온 천지에 사랑이 넘쳐나고 있었다. 사랑이라는 말을 떠올리다가 문득 쓸쓸해졌다. 여자의 인생에 사랑이 있기나 한 걸까. 남편과 헤어지던 날은 봄볕이 유난히 눈이 부셨다. 붉은 영산홍은 터질 듯 꽃봉오리를 터뜨리며 만개했고, 라일락은 조심스러운 몸짓으로 조용히 흔들렸다.

몇 년 만에 영화관 앞에서 남편을 만난 날은 헤어진 후 삼 년이 지난 시점이었다. 여자는 그와 함께 했던 날들을 새삼스럽게 떠올리게 되었다. 타인과도 못한 관계. 헤어진 남녀 사이란 그랬다. 자식을 둔 관계임에도 불구하고 어쩌면 그렇게 까마득히 외면할 수 있는지, 세상 어디라도 함께할 것 같더니 인간의 감정이란 참으로 가볍고 자기중심적이고 편리한 존재였다. 싫으면 싫다거나 좋으면 좋다는 표현 없이 자신을 억누르고 살았던 남편은 노인과의 관계나 여자와의 관계에서도 자신의 감정을 숨겼다. 화가 나면 침묵 속으로 깊이 침잠해버리고는 누가 꺼내주지 않으면 절대로 나오지 않았다. 그런 그가 여자와의 일을 들키는 순간 도망가 버렸다. 사과를 한다거나 변명을 한다거나 다시 한 번 기회를 달라거나 그런

흔히 보아오던 장면과는 먼 그의 태도는 그와 함께 했던 시간이 딴 세상에서 일어난 일처럼 아득했다. 다시 만난 그는 살이 약간 찐 듯했다. 그의 얼굴에 흐르던 기름기는 안정된 중년의 모습을 보여주었다. 겉으로는 말이 없고 타인의 말을 수용하며 특히 여성 동료에게 깍듯하게 경어를 쓰는 그는 꽤 괜찮은 사람이라는 외부의 평가를 받고 있었다. 그에게 인생이니 열정이니 하는 것을 기대한다는 건 애초부터 무리였다. 남에게 보여주기 위한 그의 삶은 여자와의 관계에서부터 삐걱거리기 시작했다. 진정성이 결여된 부부 관계. 속을 벌레에게 파먹힌 밤처럼 알맹이 빠진 관계란 건조했다. 삶 속에서 여자는 충만한 욕망을 채우기를 바랐으나 언제나 허기졌다. 그에게서 채우지 못한 허기는 체념을 불렀고, 인생이란 다 그런 거라고 허무주의자의 변명을 떠올렸다. 한때 여자는 자신의 삶이 썩 괜찮은 조건이라고 만족해했던 시절이 있었다. 아직 아이가 어렸을 때였다. 학교에서 돌아온 아이가 고사리 손으로 피아노 건반을 짚어가며 클래식을 들려주거나 김밥을 싸서 공원으로 주말 나들이를 나갈 때면 연신 노랫말이 여자의 입에서 흘러나왔다. 아이와 부르는 동요의 하모니와 어우러지던 맑은 웃음소리, 그가 타 주던 커피 향내. 그런 시절이 여자에게도 있었다. 그러나 언젠가부터 집안에 키우던 식물이 자꾸 말라죽기 시작했다. 정성들여 키우던 화초는 이상하게

도 뿌리가 썩거나 잎이 자꾸 말라갔다. 화분 식물이 죽어가면서 집안에는 메마른 공기만이 떠다녔다.

집안에 식물을 길러 본 지도 까마득했다. 남편과 헤어진 이후 모든 생명을 가진 개체는 집안에서 사라져버렸고 삶이라는 흔적을 지우려 애를 썼다. 벽에 걸었던 가족사진을 떼어내고 그림 액자를 내렸으며 흰색으로 벽지를 다시 했다. 죽은 화분을 내다버리는 일도 일이라 화초를 키우지 않았다. 그런데 남자가 만난 지 백일 되었다며 사랑초를 선물했다. 짙은 자주색 이파리는 햇볕을 먹고 자라는 식물이었다. 태양이 뜨는 낮 동안에만 잎을 활짝 벌리고 태양이 지는 밤에는 잎을 닫아버리는 아주 신비한 식물이었다. 가늘고 긴 꽃대궁 끝에는 연한 흰색 테두리에 분홍색이 섞인 꽃이 매달려 있었다. 거실에 두었더니 꽃들은 일제히 창 쪽으로 고개를 틀어서 기다란 줄기가 거의 드러눕다시피 쓰러져 있었다. 해를 향한 집요한 욕망을 보는 것 같았다. 해지는 저녁이 오면 여자는 사랑초를 관찰하는 일에 열심이었다. 무의미하게 지내다가 새로운 분야에 취미를 붙인 사람처럼 물을 주고 진딧물 약을 뿌려주고 말을 걸어보고 클래식 음악을 틀어주는 일에 열심이었다. 잎을 꼭 닫은 사랑초는 나비가 꽃에 앉아 깃을 접은 것처럼 보였다. 여자는 좀 더 자세히 식물을 관찰했다. 형광 불빛이 가까운 곳의 이파리는 잎을 활짝 펼친 채 빛의 파장을 받아들이고 있었다. 태양빛이 아닌 밤의 형광등 불빛에서도 잎은 자신을 펼쳐 보이고 있었다. 잘못된 사랑도 사랑임을 말해주는 걸까. 세상이 불륜이라 손가락질을 하거나 질타를 해도 당사자들은 진실하다고 믿는 것처럼 가짜 빛 아래에서도 반응을 보이는 식물의 생장이 불가사의 했다. 세상의 모든 사랑에 대해 아무도 쉽게 판단하거나 비난할 수 없는 건지도 모른다는 생각을 하자 우울해졌다.

지난번 짧게 만나 헤어진 후로 여자는 아직 남편에게 할 말이 남았음을 알았다. 당신이 여자가 생겼다고 솔직하게 말하고 나와 관계 단절을 요구했으면 보내주었을 거라는 말을 하고 싶었다. 그렇게 오랫동안 누군가를 만나면서 여자를 기만한 건 참을 수 없는 모욕이라고 말하고 싶었다. 여자 안에 깊이 웅크린 바윗덩이는 무게를 점점 더 불려갔다. 저물녘 검은 새떼가 하늘을 날아가는 풍경을 보거나 어둔 밤 야생 고양이가 담장을 소리 없이 기어가는 장면을 보면서 여자는 쓸쓸했다.

아들에게서 전화가 온 것은 샤워를 하고 마지막 머리카락을 헹구던 참이었다. 수건을 머리에 두르고 큰 수건으로 알몸을 가리고는 수화기를 들었다.

"나 안 죽었다."

"하하."

"웬일이냐, 평소에 연락 없다가."

"에이, 어머니, 삐치셨죠, 뭐 그런 걸 가지고, 어버이날 축하드려요."

"말로만?"

"다음에 안마해 드릴게요. 옆에 친구가 바꿔 달래요. 거 아시죠, 작년에 세 놈이서 우리 집에 쳐들어와 어머니 놀래킨 녀석들 말이에요."

얼떨결에 아들은 수화기를 친구에게 넘겼고 넉살 좋은 목소리가 귀에 경쾌하게 들어와 박혔다. 요즘 남친과 행복한 시간 보내신다고 들었다느니, 잘 지내고 계시느냐, 한 번 쳐들어가겠다, 등등 두 녀석이 번갈아 휴대폰을 바꿔 가며 안부를 전하는 통에 솔직히 조금 어안이 벙벙했다. 여자에게 남자친구가 생긴 일을 아들이 친구들에게 자랑했다니, 그게 자랑거리가 되는 세상인가. 머리에 둘렀던 수건을 풀어 몸을 닦으며 여자는 쳐진 가슴과 뱃살을 손바닥으로 어루만졌다. 배가 조금 나오기는 했지만 옷으로 몸을 가리면 아직은 실루엣이 드러나는 몸매였다. 남자친구를 아들에게 소개하기 전 여자는 아주 조심스럽게 물었다. 아들은 여자의 말이 떨어지기가 바쁘게 엄마 인생 찾으세요, 한마디 하고는 덧붙여서 아빠에 대한 희망은 접으라고, 미련두지 말라고, 그렇게 하고 나간 사람이 다시 오겠어요, 라고 말하고는 자기 방으로 건너가더니 피아노 뚜껑 열리는 소리가 나고 이어서 베토벤의 월광이 흘러나왔다. 아들아이의 피아노 소리는 낮고 쓸쓸하게 들렸다. 아들의 피아노 소리는 쓸데없이 감상에 젖게 해서 여자의 가슴을 먹먹하고 목이 메게 했다. 이혼 후 덩그러니 방을 차지한 피아노를 몇 번인가 팔아치우려고 하다가 아들을 생각해서 참았다. 재수 시절 아들은 그 힘겨운 시간을 피아노로 자신을 위무했다. 남편이 가방을 싸서 집을 나간 후 아들은 자기 방에 틀어박혀 피아노 연주로 집안을 침묵과 고요로부터 구출해 내었다. 대학 기숙사에 배정이 되었던 아들은 걱정이 되는지 자주 전화를 했다. 이제 아들은 어느 정도 여자가 땅바닥에 발을 딛고 선다고 생각하는 듯했다. 입영 통지서를 받아 놓고 곧 군대에 갈 아들은 남친 앞에서 어머니를 부탁한다고 말했다.

아들 전화를 받고 나서야 여자는 시골에 홀로 계신 아버지를 떠올렸다. 마치 기다렸다는 듯이 아버지는 전화를 금방 받았다. 수화기 옆에서 전화 오기만을 기다리며 한동안 연락을 드리지 못한 여자의 안부를 궁금해 했을 것이다. 어버이날인데 뵙지 못해 죄송하다고 말하는데 아버지는 노인의 안부를 묻는다. 잘 계시죠 뭐. 대충 얼버무리고는 건강한지 식사는 잘하고 있는지, 도우미 아줌마는 맘에 드는지와 같은 일을 물어보고, 마지막으로 건강하시라고 인사를 하고는 전화를 끊었다. 아버지는 여자가 이혼한 사실을 아직 모르고 있다. 가족법이 개정된 게 그나마 다행이라는 생각이 든 것도 합의 이혼을 하고 나서였다. 전화를 할 때마다 아버지는 꼬박꼬박 노인의 안부를 묻고는 잘 모시라고 당부를 한다. 알았다고, 염려 마시라고, 매번 대답을 하면서 여자는 알 수 없는 허전함과 쓸쓸함이 가슴을 치고 지나감을 느껴야 했다. 홀시어머니에 외아들. 아버지는 그 점을 걱정하면서도 한편으로는 홀아비로 딸자식을 키워온 당신이 홀로 외아들을 키운 안사돈에 대한 연민과 동병상련을 느꼈던 것 같다.

결혼한 첫해, 아버지는 직접 농사지은 벼를 찧어 햅쌀을 한 가마 부쳐주었다. 그러고는 얼마 후 대추를 털었다며 직접 자루에 담아 시댁을 방문했다. 노인은 급작스러운 바깥사돈의 출현에 몹시 당황하는 것 같았다. 여자는 몸 둘 바를 몰라 허둥거렸고, 그러면서도 거실 소파에 앉은 아버지 얼굴을 연신 훔쳐보았다. 가슴 안에 오롯한 기쁨이 넘치고 비로소 내 편이 가까이 있다는 사실에 안도감이 몰려왔다.

아버지가 세 번째 방문하였던 여름은 더위가 최고조에 달해 있었다. 새로 분양받은 아파트로 이사를 해서 조금은 어수선했고, 주문한 어린 아들의 그림동화 세트가 하필이면 바쁜 그날 배달이 와서 정신이 없었다. 택배 기사에게 사인을 해주고 돌아서서 그림동화책을 옮기는데 노인의 빈정거림이 들려왔다.

"너는 제대로 할 줄 아는 게 뭐가 있냐, 어미 없이 자라서 배운 게 그 모양인 게지."그때 열어 놓은 현관문 앞에 얼어붙은 듯 서 있던 아버지를 발견한 건 남편이었다. 남편이 허둥거리며 아버지 앞으로 가더니 베란다 쪽을 바라보며 장인어른 오셨다고 나와 보시라고 소리치는가 하면, 여자를 보고는 뭐하냐고 아버지를 모시라고 채근했다. 아버지는 들고 있던 커다란 고무나무 화분을 바닥에 내려놓고는 말없이 계단을 밟으며 가버렸다. 멀어지는 아버지의 구둣발 소리가 여자의 가슴을 울렸다.

영화관 앞에서 마주친 전 남편은 약간 살이 쪄보였다. 북어포같이 비쩍 말라 서 있으면 휘청거릴 것 같던 그가 살찐 사실이 낯설어 여자는 알아보지 못하고 그냥 지나칠 뻔했다. 그는 여자를 보더니 환하게 웃었다. 그러고는 잘 지내냐는 의례적인 안부를 묻고는 약속이 있다며 바쁘게 걸어갔다. 여유롭게 짐을 싸서 급하게 집을 나가던 예전과 달라진 모습에 그녀는 시간의 무게를 실감했다. 그가 아버지 안부를 물어서 생소했다. 아버지에게 한 번이라도 따뜻한 시선, 따뜻한 말 한마디 건넨 적 없는 그가 아버지의 건강을 묻는 의도가 의심스러웠다. 어쩌면 아버지의 죽음을 확인하고 싶은 속내는 아니었을까. 여자는 지레짐작 했고 헤어진 그에 대한 불신의 벽을 아직도 허물지 못하고 있는 자신의 마음을 확인할 수 있었다.

그와 헤어질 무렵 아버지는 건강이 좋지 않아 병원 응급실에 두 번인가 실려 갔었다. 당신 스스로 병원비를 챙겨 양복 안주머니에 넣은 채 119 구급차를 불러 도시에 있는 병원으로 실려 갔다니, 그 외로움은 어떠했을까. 아버지는 매번 메모지를 현금 다발과 함께 안주머니에 넣어두고는 누군가 쓰러진 자신을 병원에 데려다줄 것을 바랐다. 메모지에는 택시를 불러달라거나 병원차 혹은 119를 불러달라고 씌어 있었다. 친정을 방문하여 아버지의 메모를 본 날 여자는 뒤뜰에 나가 소리 없이 울었다.

그날 여자는 오래전 아버지가 이사 간 시댁을 방문하며 고무나무 화분을 사온 것을 기억해 냈고 그 일은 오래오래 여자의 가슴에서 고무나무가 자라는 결과를 낳았다. 여자의 가슴 안에서 크는 고무나무의 덩치가 커질수록 그에 대한 감정도 딱딱해지고 건조해져 갔다. 아버지를 떠나 살면서 여자는 아버지에게 너무 많은 상처를 안겨준 딸이 되었다. 어미 없이 자란 외동딸에 대한 아버지의 기대는 착한 남자 만나 온전한 가정을 꾸리며 남들처럼 평범하게 살아가는 것이었다. 아이 백일 때 아버지는 안사돈만 있는 시댁에 오는 것을 몹시 겸연쩍어하면서도 외손자 선물을 사갖고 왔었다. 부엌에서 노인을 도와 이것저것 음식 장만을 하면서 무수한 타박을 들었다. 물 한잔 마시고 싶어 부엌에 나오던 아버지와 여자의 눈이 마주쳤고 여자는 씩 웃어주었는데도 아버지 얼굴이 벌겋게 상기되어 있는 것을 감출 수 없었다. 식탁에서 밥을 뜨는 둥 마는 둥 하고는 서둘러 일어나 가는 아버지를 배웅하는데 아버지는 미안하다, 라고 한 마디 했다. 택시를 타고 떠난 아버지의 뒷모습을 여자는 한참 지켜보았다.

아버지는 가끔 전화를 걸어 외손자 안부를 물었다. 물론 당신의 딸자식에 대한 애정 표현을 외손자를 통해 에둘러 표현한다는 것을 알고 있는 여자로서는 자주 찾아뵙지 못하는 죄스러운 마음을 항상 가슴에 안고 살았다. 그러다 마침 어버이날도 다가오고 아버지 생신도 가까워서 기회를 보아 아버지 집에 갔다. 아들이 여섯 살 무렵이었다. 남편은 바쁜 일을 핑계로 빠지고 해서 어린 아들과 갔다. 아버지 성격대로 집 안팎은 깔끔하게 정리되어 있었다. 깔끔한 집안을 보자 조금은 안심이 되었다. 저녁을 지어 밥을 먹는데 아버지가 물끄러미 바라보더니 한숨을 푹 내쉬는 거였다.

"안 봐도 알겠다. 너무 힘들면 보따리 싸서 집으로 오너라. 사람을 들였으면 제 식구처럼 감싸고 아껴줘서 제 가족을 만들어야지, 몰골이 그게 뭐냐, 해골바가지를 해가지고."

아버지가 혀를 차며 하는 말에 여자는 젓가락으로 반찬을 헤집다가 눈물방울을 떨어뜨렸다. 영문을 모르는 어린 아들은 여자를 쳐다보며 울음을 터트렸고 아버지는 밥을 남긴 채 수저를 놓고는 일어서더니 마루에 나가 담배를 피웠다. 아버지의 그 말 한마디는 더욱 독하게 마음을 다잡고 현실에 적응하게 만들었다. 여자는 지금도 남편이 왜 아버지에게 곁을 안 주었는지 이해할 수가 없다. 추측으로는 어쩌면 혼자된 아버지에 대한 부양 의무 때문이 아니었나 짐작할 뿐이다. 아버지는 입버릇처럼 남은 재산은 사회에 내놓고 갈 거라 말했으므로 그가 아버지를 떠맡을 확률은 적다고 볼 수 있었다. 농사를 지으면서 시골 면장으로 명예퇴직한 아버지는 나라 덕분에 이만큼 먹고 살았다며 죽을 때는 그 돈을 환원할 거라 누누이 강조했다. 그 점을 그는 늘 불만스러워했다. 그럼에도 불구하고 여자는 어려울 때마다 아버지에게 돈을 빌려 썼다. 이자는 없었지만 꼬박꼬박 갚았다. 그는 아버지를 지독하다고 비아냥거렸다. 한 번이라도 따뜻한 기억이 있다면 그 힘으로 평생을 살아갈 수 있었다. 오래오래 우려먹을 변변한 한 가지 기억조차 없는 삶이란 메마르고 거칠 뿐이었다.

여자는 사랑초를 키우며 몇 개 더 사다 놓은 화분에 물을 준다. 새삼스럽게 남자를 떠올려 본다. 남자의 딸을 만나 이상한 소리를 들었어도 하나도 섭섭하거나 상처가 되지 않았던 것은 남자의 비중이 여자 안에 미미한 채로 남아 있었기 때문이기도 하지만 애초부터 기대를 갖지 않았기 때문이다. 그녀로부터는 더 이상 연락이 없다. 서른이 가깝도록 애인 하나 만들지 못하고 아버지를 감시하며 살아가는 그녀의 인생이 황량한 고원 같다는 생각을 하다가 여자는 소스라쳐 놀란다. 자신의 내면을 보는 듯해서다. 남자는 매너가 좋은 편이었다. 남자는 개인 생활에 대해서는 딸 얘기 외에는 일절 말이 없었다. 어떤 친구가 있는지, 직장일은 힘든지, 아니면 할 만한지 도무지 틈을 보이지 않았다. 여자는 남자와는 담백한 거리를 유지했다. 남자가 선물한 사랑초를 보며 진지하게 그와의 관계를 모색해 보는 것도 나쁘지 않겠다 싶은 생각이 들었다.

사랑초에 물을 주던 여자는 벨 소리에 휴대폰을 받았다. 다급한 목소리가 튀어나왔다.

"아버지가, 아버지가, 저 좀 도와주세요."

처음에는 누구인지 짐작이 가지 않았으나 곧 그녀는 지난번에는 미안했다며 울먹이는 해수의 목소리를 기억할 수 있었다. 남자가 쓰러졌다는 것이다. 여자는 먼저 침착하게 전화로 119에 신고하라고 말하고 외출 준비를 서둘렀다.

남자는 수면제를 과다 복용했다. 남자가 응급실에서 병실로 옮겨진 후 해수는 울기만 했다. 뜨거운 캔커피를 두 개 사서 해수와 나누어 먹고 그녀를 위로했다. 남자는 몇 시간 후 의식이 돌아왔지만 얼굴은 창백했다. 해수는 지쳐서 보호자 대기석에서 잠들었다. 남자의 손등에는 주삿바늘이 꽂혔고 링거 줄이 달려 있었다. 푸른 정맥이 보이는 남자의 손은 의외로 작았다. 남자는 아무런 표정 없이 천장에 초점을 둔 채 미이라처럼 누워 있었다. 해수가 많이 놀란 것 같다고 작은 소리로 말하자 남자가 탁한 저음으로 고맙다고 대답했다. 밤이 깊어서 해수를 깨워 집으로 보내려 했으나 그녀는 말을 듣지 않았다. 인사를 하고 일어서려는데 해수가 가지 말라고 붙잡았다. 무섭다고, 같이 있어 달라고 말하는 해수의 입술이 부들부들 떨렸다.

남자는 잠이 들었는지 약하게 코를 골았다. 해수는 열여덟 살 나이에 혼자 어머니 병실을 지키다가 임종을 맞은 일을 담담히 말해줬다. 그때 너무 무서웠다고, 남자가 출장 중이라 아무도 없었다고 그래서 흰색에 대한 두려움이 있다고 고백했고 여자는 해수의 어깨를 감싸 안아 주었다. 병실에서 여자는 해수와 함께 꼬박 밤을 새다시피 했다. 해수의 겁먹은 눈을 보면서 여자는 그녀가 많이 외로웠음을 짐작할 수 있었다. 아줌마라고 부르던 해수는 어느새 여자를 언니라고 불렀다. 새벽하늘이 밝아올 무렵 남자는 의식을 완전히 되찾았다. 담당 의사는 며칠 병실에 더 있으면서 지켜봐야겠다고 했고, 해수 역시 휴가 받은 셈 치라고 말했다. 평상으로 돌아온 것 같아 여자는 집으로 돌아왔다.

며칠 후 남자가 고맙다며 점심밥을 같이 먹자고 해서 마침

아점을 먹은 터라 여자는 차나 마시자고 나갔다. 해수도 함께였다. 남자는 여전히 낯빛이 어둡고 창백했다. 그 자리에서 남자는 해수가 찾아왔던 일을 정식으로 사과했다. 오해가 있었다며, 그런 줄도 모르고 자기를 피하는 줄로만 알고 있었다고 조심스럽게 말했다. 남자는 여성들에 대한 선입견이 있노라고 고백했다. 해수 앞이라 말하기가 조심스럽지만 이제 알 만한 나이에 이른 딸이라 솔직하게 말하는 거라며 그동안 만난 여성들과의 일을 조심스럽게 털어놓았다.

"아, 이 사람이다 싶어서 결혼을 결심한 여자가 있었는데 알고 보니 의도적으로 접근 했더라구요. 금전적 정신적 손해를 입히고 여자가 외국으로 달아나버리는 바람에 힘들었어요. 돈 보다도 마음을 다친 게 힘들었는데 공교롭게도 그런 일을 두 번인가 겪었어요. 겉으로는 얌전하고 이미지가 맑고 깨끗해서 정말 믿었거든요. 그 후 사람을 믿을 수가 없어서 그게 더 고통스럽습니다."

남자가 고백을 하자 해수의 낯빛이 창백해졌다. 손끝이 떨리고 있었다. 여자는 남자가 눈치채지 못하게 해수 어깨에 얇은 스카프를 둘러주고 남자의 말에 네에, 네에, 대응해 주었다. 남자는 한숨을 길게 내쉬더니 여자를 바래다주고 늦은 밤 혼자 바에서 양주를 마시다 새벽에 대리운전을 불러 들어가곤 했다고, 여자와는 밤늦은 시각까지 술을 마시지 않는 것도 피해 의식 때문이라고 털어놓았다. 그러면서 그동안 남자는 여자를 계속 탐색하고 있었고, 믿음이 갈 때까지 지켜보았노라고 말했다. 여자는 떨떠름한 기색으로 남자의 고백을 들었다. 지켜보고 있었다니, 누군가에게 자신의 사생활을 감시당했다는 고백을 듣는 기분은 묘했다. 화를 내고 싶은데 상황이 상황인 만큼 화를 낸다는 것도 우스운 꼴이 되어버릴 것 같았다. 그때 옆에서 듣고 있던 해수가 나섰다.

"아빠가 언니에게 큰 실수한 거예요. 사과하세요."

그러자 남자는 당황해하며 긍정도 부정도 아닌 표정으로 다음에 술 한번 과하게 사겠다고, 그 일은 미안하게 됐다고 말하며 넘어갔다. 비로소 모든 의문이 풀렸다. 해수는 여자의 손을 잡으며 지난번 일에 대해 자기가 오해했다고, 미안하다고 말했다. 갑자기 두 부녀로부터 사과를 받으며 이번에는 여자 입장이 묘하게 난처해졌다.

"두 사람이 사과하는 의미로 다음에 함께 밥 사세요."

그러고는 일어섰다. 이상한 날이었다.

"이번 주 토요일 오후 7시 30분 잊지 마세요."

"네?"

"캣츠 공연 보러 가기로 했잖아요."

"아, 네."

돌아서는 등 뒤로 남자의 확인하는 목소리가 부딪쳐 왔다.

지하 주차장에서 건물을 빠져나오는데 햇살이 환하게 부서졌다. 잠시 눈을 감았다 떴다. 세상이 온통 연초록 색깔로 넘쳐나고 있었다. 선글라스를 꺼내 쓰고 액셀러레이터를 지그시 밟았다. 검은 선글라스를 통해 들어오는 연초록 나무들이 시야에 와 박혔다. 요란하지도, 그렇다고 차분하지도 않은 풍경이었다.

차를 주차하고 좁은 골목을 걸어오는데 어디선가 베토벤의 월광이 들려왔다. 그 자리에 서서 가만히 귀를 기울였다. 낮고 조용히 흐르는 멜로디는 아들이 연주하던 그 분위기와 닮아 있다. 아들의 밝은 웃음소리가 피아노 음률에 섞여 금방이라도 터져 나올 것 같았다. 긴 머리를 싹둑 잘라내고 스포츠머리를 한 아들은 일찌감치 군대에 적응할 태세로 친구들을 만나러 다녔다. 병무청에 볼 일이 있어 잠깐 내려왔던 아들은 여전히 명랑했으나 예전의 티 없이 밝은 모습은 어디론가 사라지고 부모에게 일어난 일련의 일들을 겪으며 아들은 부쩍 성장한 것 같았다.

"너, 엄마 성격 잘 알지?"

"……."

"내가 독신으로 늙어 가면 너에게도 부담이고 무엇보다도 고부간에도 문제될 소질이 있다고 생각하지 않니?"

"엄마 성격이야 정의롭고 칼칼하죠."

농담으로 주고받는 대화였지만 아들의 얼굴은 어두웠다.

"이제 너도 성인인데 엄마로부터 자유로워져라. 엄마 인생에 대해 부담 가질 것 없다. 장가가서 니 색시와 잘 살아. 나도 내 인생 살 거다."

"울 엄마 왜 이러시나. 갑자기 멜랑콜리하게 유언이라도 남길 분위기네."

"농담 아니야. 나 죽으면 성당 묘지에 묻어줘. 일 년에 한두 번 신부님이 영혼을 위한 미사 드리잖니. 그리고 제사도 필요 없다. 기일에는 연미사 바치면 돼."

"……."

지나가는 소리처럼 말했지만 진심이었다. 외아들을 키우며 여자는 오래전부터 유언 비슷한 말을 해왔다.

"혹시라도 내가 늙어 치매에 걸리면 고민하지 말고 요양원으로 보내라. 괜히 남의 시선 의식하거나 효도한답시고 집에 두지 말고. 알았지?"

"하하하."

아들은 웃음으로 넘겼지만 여자는 진심이었다. 치매 환자가 한 명 집에 있으면 온 가족이 고통받는 것을 많이 봐오기도 했지만 자식 앞에서도 인간적인 품위를 유지하고 싶기도 했다.

피아노 소리가 그쳤다. 여자는 천천히 담벼락을 끼고 돌며 걸었다. 혼자된 후 인생은 별거 아니라는 조금은 퇴폐적인 생각을 할 때마다 까마득한 세월 저쪽으로 간 그와의 기억을 떠올렸다. 여자는 평범한 인생을 살고 싶었다.

"중년의 위기를 이해해. 덮어줄게, 돌아와."

아주 오래전 어떤 여자는 바람난 남편을 붙잡으며 그런 말을 했다지. 어쩌면 그 남편이란 작자는 마음을 고쳐먹고 돌아오려다가 여자가 던진 그 말에 마음을 닫은 건지도 모른다. 여자가 던진 그 말 속에는 오만이 있다. 다 용서해 줄게. 그 말 속에는 너그러움을 가장한 오만함이 숨겨져 있음을 그는 알아챘을 지도 모른다. 아주 오래전 어떤 남자는 여자 앞에서 끝까지 품위를 유지하고 싶어 달아났다지. 긴 시간 함께 한 여자를 두고 멀리 달아나며 남자는 마지막 자존심의 단추를 굳게 잠갔다지. 망망한 바다에서 폭풍우를 만났을 때 나침반이 있다면…… 생기 넘치고 열정 끓어오르던 생의 의지가 한꺼번에 무너진 여자에게 세상은 빠르게 지나갔다.

현관문을 열고 커튼을 젖히자 저녁 해가 느슨하게 넘어가고 있다. 월광의 음률이 들리는 것 같아 고개를 빼고 내다본다. 새 한 마리가 앞 건물을 가로지르며 사선으로 날아간다. 이십층 높이에 있는 건물. 새는 높게도 날아간다. 인간이 새를 모방해서 쇳덩이가 하늘을 날아가게 했다면 새는 원초적 본능으로 살기 위해 날아야만 했을 것이다. 얼마 전 이십삼층 높이 옥상에서 오십 대 남자가 날았다. 가끔 그런 일이 벌어진다. 경비 아저씨와 경찰이 몇 마디 이야기를 주고받고 앰뷸런스가 왔다가고, 그리고 곧 잠잠해졌다. 아주 잠깐, 순간적으로 그 일은 지나가 버렸다.

휴대폰이 울려 받으니 해수 전화번호다. 받을까 하다가 볼륨을 낮추고는 창밖을 내다본다. 시간의 경계가 차츰 모호해진다. 쓸쓸하고도 찬란한 저녁이다.

내가 지은 작은 집

옛날 아버지들은 가족들이 살 집을 직접 지었다. 새들도 집을 지어 알을 낳고 새끼를 키운다. 튼튼하고 건강한 집은 모든 아버지들의 로망이었을 것이다.

내 소설의 집은 아버지가 직접 지었던 집처럼 거칠고 투박하며 때로는 제대로 섞이지 않은 질료들로 인해 돌조각이 튀어나오거나 다듬어지지 않은 나뭇결이 보인다. 살아가면서 나는 가끔 투박한 아버지의 집이 그리웠다. 어린 시절의 꿈과 상상이 녹아 있는 옛집, 그 터를 찾아 세 자매가 여행을 떠났다. 아버지와 어머니의 합장 무덤 앞에서 단편소설집 출간이 결정되었다는 기쁜 소식을 올렸다. 맏언니인 나와 가운데 란, 막내 수, 이렇게 세 자매는 겹치거나 어긋나는 기억의 조각을 꿰어 맞추며 2박 3일간의 여정을 함께 했다. 부모님의 집을 떠난 후 세 자매의 동행은 처음이었다.

강원도의 골짜기는 깊었다. 검푸른 산맥과 바람의 안내를 받으며 과거로의 긴 여정을 하는 틈틈이 내 문학의 원류를 찾아 거슬러 오른다. 초등학교 6학년 때였다. 어린이 신문에 첫 동시가 실렸다. '우리 고장'이라는 제목의 동시였는데 아버지가 써준 시였다. 내 이름으로 실린 첫 지면이다. 아버지의 작품이었음에도 지금까지 내 의식 속에는 내가 썼다는 기억이 굳게 자리 잡고 있다. 아버지의 마중물은 그 이후 문예반을 전전하며 다른 세계를 엿볼 기회를 갖지 못한 기형의 세계에 안주하는 결과를 빚는다. 다른 영역으로 넘어갈 엄두를 못낸 채 나는 나만의 성을 짓기 시작한다.

여고 1학년 때였던가. 이웃 도시에 남자 고등학교가 있었는데 친구들의 연애편지 대필을 해준 기억이 난다. 편지 대필에 이어 아버지에게 용돈을 넉넉히 타내기 위한 안부 편지를 심혈을 기울여 썼고 보상은 주어졌다. 아버지는 외지에 하숙을 시킨 딸자식의 용돈을 보내느라 빠듯한 살림에 허리띠를 졸라매야 했다. 아버지는 동네 아저씨들 앞에서 내 편지를 큰 소리로 읽어 내려갔고 이후 내가 보낸 편지는 마을 사람들이 공유하는 글이 되어버렸다.

가파른 강원도 산비탈 밭은 돌투성이였다. 자꾸 벗겨지는 고무신을 내던져 놓고 맨발로 돌밭 김을 매야 했던 여인들의 고달픔이 엿보였다. 어머니의 지나온 한 생애도 고달픔의 연속이었다. 중학교 시오리 길을 가기 위해서는 새벽에 일어나야 했다. 어머니는 새벽 네 시쯤 일어나 십오 년 동안 오 남매의 아침밥을 지었고 도시락을 쌌다. 초등학교 육성회장과 이장을 하며 바깥 활동을 하는 아버지는 성미가 급했다. 아버지의 내조를 해야 했던 어머니는 쉴 틈이 없었다. 군서기 면서기들이 출장을 나오면 식사 대접은 어머니의 몫이었다. 힘들게 자식들을 가르치고는 일찍 세상을 버린 어머니에 대한 연민과 안타까움을 토로하며 세 자매는 회한에 젖었다.

오래전 한국 작가회의 평화포럼 회원들이 정선 행사에 왔다가 아버지 집에 들른 적이 있다. 멀고 긴 계곡을 따라 시골집을 찾아가는 동안 작가가 나오기 어려운 환경에서 소설가가 나왔다며 기적이라는 둥, 개천에서 용 났다는 둥, 몇 사람의 남자 시인 작가가 농담반 진담반 떠들어댔다. 세계 명작을 읽으며 고대 그리스와 페르시아 등 유럽 문명을 꿈꾸던 문학소녀의 시선은 저 먼 세계를 바라보고 있었는데 말이다. 리차드 바크의 갈매기 '조나단'이 만난 세상을 열망하던 소녀는 작가가 된다. 그것은 우연이 아닌지 모른다. 나는 말없이 개울을 흐르는 물소리와 뻐꾸기 울음소리에 귀를 기울이고 있었다.

해마다 집을 떠나 작품을 하나씩 얻었다. '비밀의 방'은 삼 년 전, 이천의 〈부악문원〉에서 때 이른 초여름 더위를 견디며 썼다. 부악문원 이웃에 도자기 공방이 있었는데 틈만 나면 도자기를 들여다보느라 가끔 글을 쓰는 것을 까먹었다. 도자기에 깊이 빠져 있다가 다관을 두어 개 샀고, 짙은 바다 물빛을 닮은 접시 세트와 커피 잔을 사기도 하였다. 그때 얻은 단편을 '소설 21세기'에 실었는데 잊고 있다가 이번 소설집을 엮으면서 찾아냈다.

일 년 전 봄에는 원주 〈토지문화관〉에서 '이층 통나무집'을 썼다. 박경리 선생님 10주기를 맞아 문학 창작촌 입주 작가들이 기제사에 참여하였고 동상 제막식이 있었다. 동상은 러시아 상트페테르부르크대학 교정에도 세워졌다. 후배들을 위한 박경리 선생님의 배려에 집중하여 작품을 완성할 수 있었다.

작년 봄 토지문화관에 이어 겨울에는 증평의 〈21세기문학관〉에서 2개월을 보냈다. 겨울 창작촌 경험은 십 년 전 백담사 만해 마을 이후 두 번째였다. 뿌연 유리창 너머로 눈 덮인 산맥과 마을의 풍경이 꼭 어린 시절을 보낸 강원도 골짜기를 연상하게 했다. 추운 겨울 차가운 바람 속에서 까마득한 날에 내 귀를 울렸던 바람 소리를 들었다. 지붕이 날아가고 추위와 장작불에 까맣게 탄 아랫목 장판까지……. 기억 속에 묻혀 있던 일들이 군불 속에서 찾아내는 익은 감자처럼 건져 올려지기 시작하면서 설렘이 일어났다. 흐린 하늘과 떨고 있는 능선의 나무들을 아스라이 바라보면서 단편소설 '설행'을 썼다. 증평에는 군부대가 있었고 눈 쌓인 계곡이 있었고 무엇보다도 차가운 바람이 있었다. 작품 속에서 군부대가 사라진 마을의 등장인물과 이루어질 수 없는 사랑을 다뤘는데 주제는 원죄 의식이다. 삶의 상처와 애환은 그렇게 탄생한다.

등단은 했지만 소설이 밥이 되지 않는 현실에 나는 소규모의 독서논술학원을 운영했다. 어느 날 이러다가 평생 장편 하나 못 쓰고 그렇고 그런 무명작가로 삶을 마치는 게 아닌가 하는 불안이 피어올랐다.

초·중등 글쓰기와 드물게 소개 받아서 대입논술을 지도하는데 회의가 왔다. 며칠 고민하다가 학생들에게 필독서 150여 편을 프린트 해주고 두 달 방학을 선언했다.

백담사 만해 마을 문인 창작촌에서 보낸 10월과 11월은 눈이 자주 내렸다. 4층 집필실 유리창 밖으로 눈발이 흩날리더니 베란다에 소복하게 눈이 쌓였다. 소설이 써지지 않을 때마다 맨발로 베란다를 서성였다. 발바닥에 닿는 눈의 감촉은 뾰족한 가시로 콕콕 찌르듯이 차가웠다. 만해 마을 운영위원장이던 이상국 시인은 무슨 시인 작가들이 글만 쓰느냐고 밖으로 불러내어 속초 시내에서 노가리와 양미리 구이 안주로 술을 마셨다. 그때 봉국사 주지로 있던 효림 스님이 가끔 들러 주머니 사정이 가벼운 작가들에게 밥을 사 주었다. 눈발 속에서 내 첫 장편소설 '부용꽃 여름' 이 탄생되지만 소설 속에서 부용꽃은 전혀 등장하지 않는다.

첫 장편소설을 안고 학원으로 돌아왔으나 학생들은 모두 다른 학원으로 가버린 뒤였다. 학교 선생으로 있는 여동생 수가 요즘 엄마들은 방학 때 자녀들이 노는 꼴을 못 본다고, 언니가 순진한 거라고 말하며 웃었다. 그렇게 나는 독서논술 교실을 접었다. 자의가 아닌 타의에 의해 전업 작가가 되었지만 홀가분했고 오히려 생활로부터 자유인이 되자 문인창작촌으로 유랑하게 되었다.

유목의 나날이었다. 몸도 마음도 방랑의 기질을 타고났는지 해마다 창작촌을 기웃거렸다. 연희문학창작촌, 글을 낳는 집, 토지문화관, 부악문원, 21세기 문학관… 내 작품의 산실이자 작품의 '거리 두기'가 가능한 상상의 공간이었다. 고맙고 은혜로운 인연이었다.

2019 늦은 가을

덕천강변 자안당에서

쓸쓸하고도 찬란한

2019년 11월 25일 1판 1쇄 찍음
2019년 11월 25일 1판 1쇄 펴냄

지은이	유시연
펴낸이	윤한룡
편집	김한숙
관리	한해인
디자인	윤려하
펴낸곳	(주)실천문학
등록	10-1221호(1995.10.26)
주소	서울특별시 중랑구 상봉로 110,1102호
전화	322-2161~5
팩스	322-2166
홈페이지	www.silcheon.com

ISBN 978-89-392-3044-6 03810

본 도서는 충청남도, 충남문화재단의 후원금을 받아 발간되었습니다.